가만히

사랑을

바라보다

이 도서의 국립중앙도서관 출판시도서목록(CIP)은 e-CIP홈페이지(http://www.nl.go.kr/ecip)와 국가자료공동목록시스템(http://www.nl.go.kr/kolisnet)에서 이용하실 수 있습니다.
(CIP제어번호: CIP2014016307)

문태준 시인을 울린 사랑 시들

가만히 사랑을 바라보다

문태준 엮고 해설

마음의숲

서문

"일을 잠시 내려놓고 그대의 영혼이 그대를 다시 만나게 하세요. 그것은 잊혀진 신비와 다시 가까워지는 멋진 일입니다." 켈트 민족에게 전해지는 말이다. 요즘은 이 말을 아끼고 있다. 일을 하느라 자신에게 시간을 도무지 내주지 못하는 경우가 많다. 그러나 우리가 기관차처럼 달리는 동안 우리의 영혼은 우리에게 다가올 기회를 잃어버린다. 이제 우리의 영혼이 우리를 만나게 해야 한다. 영혼은 버려지지 않고 본래의 자리로 돌아가야 한다. 영혼을 맞아들임으로써 우리는 잊혀진 신비와 만날 수 있고, 그리하여 탁하게 된 우리를 맑게 회복할 수 있다.

또 〈Watch the Rosebud Open 장미꽃 봉오리가 핀 것을 보세요〉이라는 노래 중에 이런 노래 가사가 있다. "장미꽃 봉오리가 핀 것을 보세요. 갈매기가 날아오르는 것을 보세요. 물결이 출렁이는 것을 보세요. 구름이 떠있는 것을 보세요. 해와 비로부터 헤어질 시간이 없어요. 바람으로부터 헤어질 공간이 없어요. 사물들은 섭리를 따르지요." 이곳 이 순간을 온전하게 즐겨야 할 시간이다. 정현종 시인의 시구처럼 "가벼움의 높이"와 "환함의 밀도"와 "폭발적인 시원함"으로 우리의 영혼을 채워야 할 시간이다.

'짐작'이라는 말을 나는 좋아한다. 요량, 어림, 대중. 이것이 짐작이라는 말의 둘레이다. '짐작'이라는 말은 어떤 커다란 윤곽처럼 느껴진다. 이 말은 신록의 산빛처럼, 백설白雪의 산빛처럼 느껴진다. 짐작으로 살면 우리는 행복하리니. 넉넉하고 유순한 마음으로 살 수 있으리니. 짐작으로 살면 큰 이해와 사랑에 도달하리니. 세상의 오해가 사라지리니. 짐작으로 살면 아득하게 멀리 흘러갈 수 있으리니. 시를 읽는 기쁨 가운데 하나는 '짐작'의 사용량을 늘리는 일이 아닐까 한다.

시인 타고르는 시 〈나의 노래〉에서 이렇게 썼다. "나의 이 노래는 다정한 사랑의 팔처럼 너의 주위를 음악으로 휘감을 것을. 나의 이 노래는 축복의 입맞춤처럼 너의 이마를 어루만질 것을." 좋은 시는 우리의 영혼을 움직인다. 좋은 시는 영혼의 서랍에 빛을 넣어 준다. 사랑으로 충만한 시를 가만히 바라보자. 사랑으로 충만한 시의 숨결을 느껴 보자. 시를 읽는 행복한 시간이 우리 앞에 있다.

2014년 여름

문태준

차례

chapter 1

…

가만히 나를 바라볼 때

chapter 2

…

가만히 너를 바라볼 때

chapter 3

…

가만히 마음을 바라볼 때

chapter 4

…

가만히 사물을 바라볼 때

chapter 1

• • •

가만히 나를 바라볼 때

생 _신달자

단 한 번이다

결코 재생될 수 없다

무례한 낙서를 연습이라고 말하지 마라

경험이라는 말로 허물을 덮지 마라

상호 불통을 예술이라고 하지 마라

이미 한 장의 종이는 사용 불가.

백지 상태의 "종이"는 우리 현생의 비유다. 현생은 단 한 번 사용될 뿐 재생은 불가능하다. 습련習練 없이 우리는 곧바로 이 인생의 무대에 올랐다. 그것도 단독 무대에 말이다. 아무 데나 함부로 글자나 그림을 쓰고 그릴 수 없고, 글자를 잘못 쓰거나 빠뜨리고 나면 고칠 수도 없다. 마치 벼랑에서 떨어진 낙석落石의 형편처럼. 나의 언어와 나의 뜻이 다른 이에게 전달되지 않는 경우는 또 얼마나 허다한가. 그러나 그것 또한 나의 몸과 입과 뜻이 지은 행위. 한 장의 종이만이 허락되므로 우리는 흐트러진, 망령된 것은 당장 그치게 해 고요하고 맑은 지혜로 돌아가야겠다.

이순 _김용택

내 나이
올해로 이순耳順, 세상물정 모르는 바 아니나,
시 몇편 써놓고
밖에 나가니
세상 부러울 게 없다.

너희들은,
내가 이렇게 잠시나마
끝없이 너그러워지는 그 이유를 모를 것이다.
내 나이
이순, 살아온 날들을 지우라는 뜻이다.

예순 살부터는 원만해진다고 한다. 들으면 곧바로 이해가 된다고 한다. 안팎이 둥글게 휘는 곡曲의 아름다움에 이르게 된다고 한다. 살아온 햇수가 예순이 된 시인은 "시 몇편 써놓고" 나니 바깥이 부럽지 않다고 한다. 심지어 한없이 너그러워졌다고 한다. 왜 그럴까. 공자가 "시 삼백 편을 한 마디로 표현하면 생각에 사악함이 없다."라고 말한 것처럼 적어도 시를 짓는 순간은 사심이 없기 때문 아닐까. 사심이 없으므로 주견主見이 생겨날 틈이 없고, 주견이 없으므로 스스로 미려美麗하겠지. 그것이 천진심이고, 수순隨順이니 "살아온 날들을 지우"는 일이다.

그냥 둔다 _이성선

마당의 잡초도
그냥 둔다.

잡초 위에 누운 벌레도
그냥 둔다.

벌레 위에 겹으로 누운
산 능선도 그냥 둔다.

거기 잠시 머물러
무슨 말을 건네고 있는

내 눈길도 그냥 둔다.

우리는 그냥 둘 줄을 모른다. 있는 곳 그대로 그 모습을 두고 볼 줄을 모른다. 바싹 죄어서 괴롭게 하는 간섭과 조작의 일을 한다. 잡초에게도 벌레에게도 능선에게도 그들 나름의 살림이 있다. 우리가 그들의 살림을 뒤바꿀 자격은 없다. 누가 그것을 허락했던가. 잡초와 벌레와 능선은 서로서로 의지하며 산다. 우리도 그들의 조용한 대화법과 평화로운 교호交好를 배워야 한다. '위에 눕는다.'는 행위는 누군가를 '등에 업는다.'는 그것과 동의어다. 말없이 잠잠하게 그들이 하려는 대로 내버려 두는 것, 그리하여 슬며시 인정해 주는 것, 우리는 그런 일을 해야 한다. 우리가 방해받고 싶지 않듯이 모든 생명들 또한 그러하다.

엄마가 들어 있다 _이수익

보자기 속엔

엄마가 들어 있다

가만히 들어앉아 엄마는

네가 들어올 거라고 생각했지, 라고

말씀하신다

바로 그때 보자기 속에 숨겨진 엄마의 귀는

빠르고 정확하게 나의 방문을 숨죽여

기다리고 있었던 것이다

보자기 속에 숨겨진 엄마의

손은 두껍고 큼지막해서 무엇이든

잘 뒤지신다, 내가 벗어놓은 옷가지와 몇 가지의

폐물, 가슴 설레는 어릴 적 예쁜 사진들이

엄마에겐 꼭꼭 감춰둔 비밀이 되어 있다

가끔씩 엄마를 만나러 간다

내가 보자기를 풀면

거기,

젊은 날 엄마가 나오신다

이 시는 물건을 싸서 들고 다니도록 만든 네모지고 작은 천 속에 어머니가 있다고 말한다. 그러면서 보자기가 뜻하는 것이 무엇일지 여러모로 깊이 생각하게 한다. 묶인 보자기는 아마도 수와 양에서 한계가 없는, 보상을 바라지 않고 베풀기만 하는 사랑으로 이해해도 좋겠다. 그러므로 묶인 보자기 속으로 들어가는 행위는 그 사랑에 대한 이해와 공감으로 읽을 수 있다.

보자기는 어머니의 큼직한 품이어서 자식들의 흉이나 허물을 덮어주고 자식들 전체를 둘러서 싼다. 자식들의 편을 들어서 두둔한다. 자식들의 옛일을 보관한다. 보자기는 무엇이든 그것을 자신의 한가운데에 놓고 그것의 바깥이 되기를 자처한다.

마차가 있는 풍경 _이시영

프랑스 노르망디의 한 도시에서는 아침마다 통학버스 대신 친환경적인 19세기식 마차가 집집마다 들러 어린이들을 실어나르고 있다 하는데, 바람에 부드러운 갈기를 날리며 흰 콧김을 내뿜으며 천천히 거리를 오가는 말의 자태 또한 그린 듯이 아름다울뿐더러 그놈이 도심의 한복판에서 엉덩이를 들고 풀내음 가득한 똥을 마구 내지를 때엔 어른들은 물론 마차 안의 어린이들이 제일 환호한다고 한다.

키가 크고 아주 건장한 말이 끄는 수레를 타고 어린이들이 학교엘 가는 풍경을 생각해 보니 우선 말굽 소리가 일정한 음악적 규칙에 따라 반복되며 귓가에 들려오는 듯하다. 고삐를 잡고 마필馬匹을 잘 다루는 마부의 "워워" 하는 소리도 들리는 듯하다. 도시 한복판에서 벌어지는 이러한 통학 풍경은 우리 도시 문명인들을 어리둥절하게 하기에 충분하다.

그러나 말의 목덜미에서 등까지 난 긴 털이 바람에 부드럽게 날리는 영상은 또한 얼마나 맵시가 나겠는가. 그러다 말이 아스팔트로 포장된 도로에 우뚝 서서 말똥을 몸 밖으로 내보내는 풍경을 보게 되면 아이들은 마치 툭 트인 초원의 공간에 멈춰 선 듯한 착각과 색다른 쾌감을 느끼게 될 것이다. 그것을 생태적인 초식草食적 삶에의 동화, 혹은 자연의 관찰자가 되어 보는 신선한 체험이라고 부를 수 있지 않을까.

구인산 _도종환

쓸쓸해서 고맙다

쓸쓸하지 않고 어찌 시인일 수 있으랴

된새만 따라오는 저녁

혼자 넘는

구인산 고갯길

빛이 조금 어둑할 때 시인은 홀로 고개를 넘고 있었던 것이다. 사방의 둘레가 점점 캄캄해지고 있었겠지. "된새"는 동북풍東北風을 일컫는 말이니 저녁 바람이 선들선들 불고 있었을 것이다. 저녁 바람이 귓가를 지날 때마다 쓸쓸한 심경은 더해 갔을 것이다.

그러나 시를 탄생시키는 시인의 영혼에게 고독은 창조의 원천이다. 마치 릴케가 고독을 일러 "당신의 고독은 당신에게는 의지와 고향이 될 것이며, 그 고독으로 인해 당신 자신의 길을 발견할 것입니다."라고 말한 것처럼 말이다. 시인은 〈하현〉이라는 시에서도 "고적孤寂의 뒤를 따라오는 호젓함을 바라본다"라고 썼는데, 고독한 독거는 자기 자신과 흉금을 터놓고 대화를 시작하는 일이기도 하다.

화신花信 _홍사성

무금선원 뜰 앞 늙은 느티나무가
올해도 새순 피워 편지를 보내왔다
내용인즉 별것은 없고
세월 밖에서는
태어나 늙고 병들어 죽는 것이
말만 다를 뿐 같은 것이라는 말씀
그러니 가슴에 맺힌
결석結石 같은 것은 다 버리고
꽃도 보고 바람 소리도 들으며
쉬엄쉬엄 쉬면서 살아가란다

늙은 느티나무 한 그루가 노스님처럼 법어法語를 내린다. 생명의 시간의 본래면목本來面目이 성주괴공成住壞空에 있다는 말씀이다. 아주 간단명료하다. 늙어 쇠약해지고 기운 없어지는 것조차 은근히 기쁘게 받아들이고, 몸에는 병 없기를 바라지 말며, 끝이 없는 시간을 살듯이 거만하게 처신하지 말라는 말씀이다.

그러면서 동시에 권면한다. 가슴속에 한恨이나 불만의 감정을 쌓아 응어리를 만드는 일 없이, 시절의 흐름에 순응하며, 자연에 조언을 구하고, 자신의 삶의 속도를 늦추고 늦추어 살라는 설법이다. "별것" 아닌 듯한 권언勸言인데, 새기고 새길수록 사자후의 말씀인 까닭은 무엇일까.

어느 늦은 저녁 나는 _한강

어느
늦은 저녁 나는
흰 공기에 담긴 밥에서
김이 피어 올라오는 것을 보고 있었다
그때 알았다
무엇인가 영원히 지나가버렸다고
지금도 영원히
지나가버리고 있다고

밥을 먹어야지

나는 밥을 먹었다

시간의 흘러감을 목격하거나 실감實感하기는 쉽지가 않다. 그러나 모든 것은 이별과 무너짐에서 벗어날 수 없다. 순식간에 없어져 마침내 그 실체가 없다. 온갖 사물이 신속히 변화하고 시시각각 바뀌기에 경전에서는 그것을 꽃잎에 맺힌 이슬, 쏜살같이 흘러내리는 산골짜기의 물, 견고하지 못한 모래땅에 비유했다. 더운 김이 모락모락 조금씩 피어오르는 한 공기의 밥을 보고 시인은 시간의 흘러감을 감득한다. 항구적으로 존재하지 않고 또한 견실성堅實性이 없음을 알게 된다. 이 시를 읽고 있으면 다음의 경구를 떠올리게 된다. "물은 흘러 언제까지 차滿 있지 않고, 타오르다 머잖아 꺼지는 불꽃." 찰나생멸刹那生滅하니 "지금도 영원히/ 지나가버리고 있다고" 말하는 것이다.

흙터 속의 새 _유홍준

새의 부리만 한
흙터가 내 허벅지에 있다 열다섯 살 저녁때
새가 날아와서 갇혔다

꺼내줄까 새야
꺼내줄까 새야

혼자가 되면
나는 흙터를 긁는다
허벅지에 갇힌 새가, 꿈틀거린다

시인은 하얀 허벅지 곁에 생긴 상처를 내려다본다. 외상外傷은 열다섯 살 저녁때 생겼다고 한다. 생긴 상처는 새의 딱딱한 주둥이를 닮아 뾰족하고 날카롭다. 시인은 그 상처자리를 새가 "갇힌" 곳이라고 말한다. 퍼덕거리는 날갯죽지를 가진 새가 마치 조롱에 갇히듯이 상처라는 새장속에 가두어져 있다고 말한다. 새는 창공을 동경하여 그의 의지대로 자유롭게 날았지만 어느 날 구속되어 오갈 데 없는 처지가 되었다. 끊임없이 밖으로 나갈 수 있는 통로를 찾고 있는 한 마리의 새는 억눌린, 좌절된, 울화가 터지기 직전의 자아自我로 읽힌다. 시인은 그 내면의 자아를 구원하려고 한다. 머잖아 곧 새는 흉터를 열고, 맑고 푸른 하늘로 다시 거연히 솟구칠 것이다.

당당히 빈손을 _신경림

버렸던 것을 되찾는 기쁨을 나는 안다.
이십년 전 삼십년 전에 걷던 길을
걷고 또 걷는 것도 그래서이리.
고목나무와 바위틈에 내가 버렸던 것 숨어 있으면
반갑다 주워서 차곡차곡 몸에 지니고.

하지만 나는 저세상 가서 그분 앞에 서면
당당히 빈손을 내보일 테야.
돌아오는 길에 그것들을 다시 차창 밖으로 던져버렸으니까.
찾았던 것들을 다시 버리는 기쁨은 더욱 크니까.

시인은 "되찾는 기쁨"과 "버리는 기쁨"에 대해 말한다. "되찾는 기쁨"은 소유욕에 해당한다. 이것을 즐기는 사람은 마음이 좁고 열등하게 될 것이다. 또 이것에 빠지면 인색과 탐욕에 집착하게 된다. 반면에 "버리는 기쁨"은 희사喜捨에 해당한다. 희사는 베풀어 주는 것이되 아까워하고 탐하는 마음까지 버리는 것이다. 경전에서 "옷으로부터 실 한 올을 풀어 남의 상처를 매어 주는 것으로라도 보시는 행해야 한다."라고 가르친 까닭도 이 때문이다. "버리는 기쁨"을 즐기는 것이 직심直心이라고 할 것이다. "버리는 기쁨"은 깨끗한 마음을 지킴이니 이를 '한 개의 명월明月'에 비유해 귀하다고 이른 것이다.

늙은 꽃 _문정희

어느 땅에 늙은 꽃이 있으랴
꽃의 생애는 순간이다
아름다움이 무엇인가를 아는 종족의 자존심으로
꽃은 어떤 색으로 피든
필 때 다 써 버린다
황홀한 이 규칙을 어긴 꽃은 아직 한 송이도 없다
피 속에 주름과 장수의 유전자가 없는
꽃이 말을 하지 않는다는 것은
더욱 오묘하다
분별 대신
향기라니

꽃은 전율이요, 폭포요, 우주의 팽창이다. 개화와 낙화 그 짧은 사이가 꽃의 생애 전부다. 이형기 시인은 낙화를 "결별이 이룩하는 축복"이라고 했다. "가야 할 때가 언제인가를/ 분명히 알고 가는 이의/ 뒷모습"이라고 했다.

꽃은 온 마음과 온 힘을 기울여 핀다. 필 때 기력氣力을 다 소모해 버린다. 잉여도 미련도 없다. 명쾌하고, 시퍼렇고 날카롭게 꾸짖는 선방禪房의 할과도 같은 음성이다. 구별이나 가름이 전혀 없다. 오로지 향기를 두 손으로 고이 받들어 올린다. 늙음과 병듦을 여읜 자세. 꽃은 강렬히 번쩍이는 빛이다. 꽃의 시간에는 청춘만 있다.

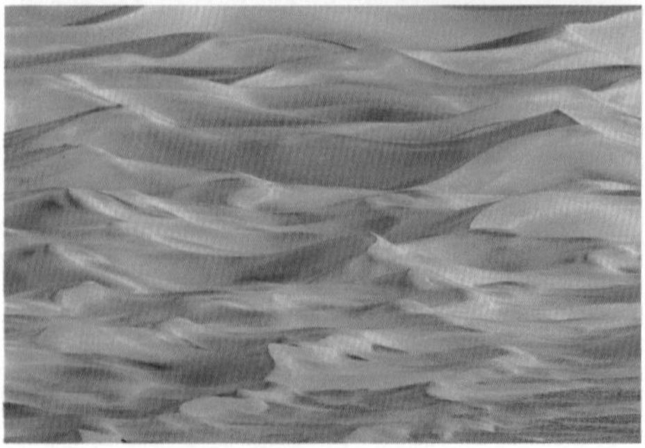

계란을 생각하며 _유안진

밤중에 일어나 멍하니 앉아 있다

남이 나를 헤아리면 비판이 되지만
내가 나를 헤아리면 성찰이 되지

남이 터트려 주면 프라이감이 되지만
나 스스로 터뜨리면 병아리가 되지

환골탈태換骨奪胎란 그런 거겠지.

북송의 시인 황정견은 이렇게 말했다고 한다. "환골은 도가道家에서 신령스럽고 효험이 있는 약을 먹어 사람들의 뼈를 신선의 골격으로 만드는 것을 말하며, 탈태는 마치 어머니의 태내에 아기가 있는 것처럼 그 태를 자기의 것으로 하는 것이니 이는 시인의 시상詩想을 뛰어난 경지로 승화시키는 것을 말한다." 그러므로 환골탈태는 의취意趣를 새롭게 하는 일을 일컫는다고 하겠다.

삶은 스스로 주동적인 처지가 되어 이끌어야 한다. 말고삐를 당겨 말을 물가로 데려갈 수 있으나 물을 들이키는 것은 말 스스로 해야 한다고 했다. 예속되거나 의지하지 아니하고 스스로 설 때 환골탈태는 가능하다. 물론 자신을 매섭게 참회하는 일과 더불어서 말이다.

미완이다 _문인수

어딜 멀리 갔다가 되돌아가는 길인가 보다.
인각사 돌부처 한 분이 천 년 비바람에 많이 닮았다.
거의, 한 덩어리 바위에 가깝다.

그 앞에서 찍은 내 독사진이 있다.
왕복 어디쯤서 만나 잠시 겹친 것일까, 들여다보니
둘 다 미완이다. 지쳐
돌아가는 길이 함께 적적, 막막할 뿐이다.

불변의 햇빛과 움직이는 공기와 살갗에 스치는 바람과 둥근 빗방울과 얼음덩어리 같은 눈보라가 돌부처의 외관을 점차로 허물고 있다. 돌부처는 오랜 세월에 풍화風化가 되어서 머리와 몸뚱이가 잘 구분되지도 않는다. 시인은 이 헐림과 무너짐을 '되돌아감'이라고 보고 있다.

그렇다면 어디로 되돌아가는 것일까. 부처로부터 돌로 되돌아간다는 것일까. 탈속계로부터 세속계로 되돌아간다는 것일까. 가만히 보고 있으면 이목구비가 사라지고, 뚜렷하던 외형이 평평하고 비스듬해지는 돌부처는 기도 삼매에 빠져 있는 것만 같다. 고정된 생각도 없고, 분별도 없는 경지에 있는 것만 같다. 그러므로 풍화하는 부처는 협소함이 사라져 광대무변의 우주로 되돌아가는 부처이다. 그러므로 풍화하는 부처는 미완이면서 동시에 완성을 성취하는 부처이다.

히말라야의 독수리들 _최동호

설산에 사는 히말라야 독수리들은
먹이를 찢는 부리가 약해지면
설산의 높은 절벽에 머리를 부딪쳐

낡은 부리를 부숴버리고
다시 솟구쳐 오르는
생명의 힘을 얻는다

백지의 눈보라를 뚫고 나아가지 못하는
지상의 언어가
펜촉 끝 절벽에 걸렸을 때

낡은 부리를 떨쳐버리고
설산의 절벽을 타고 날아오르는 히말라야 독수리
두개골이 눈앞에 떠오른다

이 시는 세상에서 가장 고결하고 거룩하다는 히말라야 설산에 사는 독수리들의 생태를 시인의 운명과 고뇌에 연결시킨 수작이다. 명징하고 견고한 시다. 독수리도 시인도 혹독한 고통의 순간을 과단 있는 결의로써 돌파한다. 높고 신성하게 내면을 비약하고 솟구쳐 날아올라 백척간두의 끝에서부터 대자유의 창공이 열리는 이치를 깨달아 알게 되는 것이다. 그러므로 독수리와 시인은 용맹스럽게 정진하는 수행자의 기품을 닮았다. 마음을 단단히 다잡아 늦추지 아니하는 불굴不屈 의지가 엿보인다. 이 시를 일러 "피어린 정신의 고투苦鬪"속에서 탄생한 "아름다운 극서정시"라고 평가하는 이유도 여기에 있다.

공양 _안도현

싸리꽃을 애무하는 산山벌의 날갯짓소리 일곱 근

몰래 숨어 퍼뜨리는 칡꽃 향기 육십평

꽃잎 열기 이틀 전 백도라지 줄기의 슬픈 미동微動 두치 반

외딴집 양철지붕을 두드리는 소낙비의 오랏줄 칠만구천 발

한 차례 숨죽였다가 다시 우는 매미울음 서른 되

지극한 정성으로 만들어 공경하는 마음으로 올리는 공물供物을 이 시는 읊고 있다. 그리고 그 낱낱의 공물을 마치 공양 그릇에 퍼서 담듯이 계량화하고 있다. 이 우주의 모든 생명들은 전일적인 총체로서 고유성을 갖고 있으면서도 전체와의 조화 속에 놓여 있는 영성한 존재들이다. 일체의 존재들은 상유상성相由相成하는 연기의 그물에 의해 서로 촘촘하게 연결되어 있다. 그러므로 이 시에서의 "산山벌", "칡꽃", "백도라지", "소낙비", "매미"는 서로 갈등이 없이 어울려 여름이라는 시공간의 법계를 이룬다. 그것들이 "날갯짓소리", "향기", "미동微動", "오랏줄", "울음"을 각각 공물로 바치고 있다. 마치 우리가 절에 가서 음식과 꽃을 바치듯이 말이다.

꽃바구니 _나희덕

자, 받으세요, 꽃바구니를.

이월의 프리지아와 삼월의 수선화와 사월의 라일락과

오월의 장미와 유월의 백합과 칠월의 칼라와 팔월의 해바라기가

한 오아시스에 모여 있는 꽃바구니를.

이 꽃들의 화음을.

너무도 작은 오아시스에

너무도 많은 꽃들이 허리를 꽂은

한 바구니의 신음을.

대지를 잃어버린 꽃들은 이제 같은 시간을 살지요.

서로 뿌리가 다른 같은 시간을.

향기롭게, 때로는 악취를 풍기며

바구니에서 떨어져내리는 꽃들이 있네요.

물에 젖은 오아시스를 거절하고

고요히 시들어가는 꽃들,

그들은 망각의 달콤함을 알고 있지요.

하지만 꽃바구니에는 생기로운 꽃들이 더 많아요.

하루가 한 생애인 듯 이 꽃들 속에 숨어

나도 잠시 피어나고 싶군요.

수줍게 꽃잎을 열듯 다시 웃어보고도 싶군요.

자, 받으세요, 꽃바구니를.

이월의 프리지아와 삼월의 수선화와 사월의 라일락과

오월의 장미와 유월의 백합과 칠월의 칼라와 팔월의 해바라기가

한 오아시스에 모여 있는 꽃바구니를.

잘 모르겠다. 설명할 수가 없다. 화음이면서 신음인 이 한 바구니의 시간을. 웃음이면서 눈물인, 개화이면서 낙화인 이 한 바구니 삶의 시간을.
작은 가슴에 우리는 이렇게 한 오아시스에 모였다. 어떤 당신은 지그시 눈을 감고 잊고 싶어 한다. 어떤 당신은 화사하게 생기를 되찾았다. 신비한 일이다. 우리가 같은 시간을 살고 있다는 것은. 여러 계절을 살아도 꽃바구니 안이라는 것은. 매일매일 당신에게 배달되어 오는 꽃바구니를 두 손으로 받아 보라. 그리고 수줍게 당신의 꽃잎을 조금 조금씩 열어 보라. 자, 받아 보라, 오늘은 막 피어나는 구월의 분꽃을.

오래된 기도 _이문재

가만히 눈을 감기만 해도
기도하는 것이다

왼손으로 오른손을 감싸기만 해도
맞잡은 두 손을 가슴 앞에 모으기만 해도
말없이 누군가의 이름을 불러주기만 해도
노을이 질 때 걸음을 멈추기만 해도
꽃 진 자리에서 지난 봄날을 떠올리기만 해도
기도하는 것이다

음식을 오래 씹기만 해도
촛불 한 자루 밝혀 놓기만 해도
솔숲 지나는 바람소리에 귀 기울이기만 해도
갓난아기와 눈을 맞추기만 해도
자동차를 타지 않고 걷기만 해도

섬과 섬 사이를 두 눈으로 이어주기만 해도
그믐달의 어두운 부분을 바라보기만 해도
우리는 기도하는 것이다
바다에 다 와가는 저문 강의 발원지를 상상하기만 해도
별똥별의 앞쪽을 조금 더 주시하기만 해도
나는 결코 혼자가 아니라는 사실을 받아들이기만 해도
나의 죽음은 언제나 나의 삶과 동행하고 있다는
평범한 진리를 인정하기만 해도

기도하는 것이다
고개 들어 하늘을 우러르며
숨을 천천히 들이마시기만 해도

눈을 감고 말없이 마음속으로 생각해 본다. 지금보다 조금 더 바깥에 테두리를 두고서. 모든 일의 처음을 생각하면서. 새잎 돋는 때처럼 막 생겨나는 마음을 갖고서. 내일에는 오늘보다 조금 더 넉넉하게 살 수 있도록 준비하면서. 둘 사이에서 양편의 관계를 맺어 줄 것을 생각해 본다. 외로움과 외로움을, 빛과 어둠을, 나와 당신을, 삶과 죽음을, 맨 앞과 끝을 함께 손잡아 준다. 그렇게 삶의 시간을 천천히 들이마신다. 7세기에 살았던 서정시인 아르킬로코스의 말을 들려주고 싶다. "기쁜 일에 기뻐하고 나쁜 일에 슬퍼하되 지나치지 말라. 깨달아라, 어떤 리듬이 사람들을 붙들고 있는지를." 행복하기를.

chapter 2

• • •

가만히 너를 바라볼 때

빗소리 _박형준

내가 잠든 사이 울면서
창문을 두드리다 돌아간
여자처럼

어느 술집
한 구석진 자리에 앉아서
거의 단 한마디 말도 하지 않은 채
술잔을 손으로 만지기만 하던
그 여자처럼
투명한 소주잔에 비친 지문처럼

창문에 반짝이는
저 밤 빗소리

김선우 시인은 시 〈쓸쓸하다〉에서 "쓸쓸하다, 는 형용사/ 하지만 이 말은/ 틀림없는 마음의 움직임// 쓸쓸하다, 를/ 동사로 여기는 부족을 찾아/ 평생을 유랑하는 시인들"이라고 노래했다. 이 시에서도 시인은 "쓸쓸하다"라는 말을 "틀림없는 마음의 움직임", 동사動詞로 여기고 있음을 알 수 있다.

이 시는 창문을 두드리는 작은 빗방울 소리를 밝은 귀로 들으면서 그것이 눈앞에 있는 듯 뚜렷하게 시각화함은 물론 한 사람의 움직임에 겹쳐서 읽어 내고 있다. 비는 사랑을 잃은 여자로 변주된다. 깨끗이 잊지 못하고 끌려서 찾아왔지만 사랑하는 이가 잠든 창가를 슬금슬금 넘겨다보다 돌아서고 마는 여인의 동작으로 묘사되고 있다. 또한 술집에서 누군가를 기다리며 술잔을 손으로 쥐고 있다 자리를 일어서서 떠나간 여자의 뒷자취, 만지작만지작하다 그친 마음의 흔적(지문)에 빗대고 있다. 비망備忘과 미망未忘 사이를 오가는 사모思慕의 섬세한 마음, 그것을 빗소리에 빗대고 있는 것이다.

미안하오 _나해철

미안하오
새벽 세 시 십사 분에 미안하오

웃게 하다 울게 하고

너무 많은 일을 같이해
하는 일마다 생각나게 해서

그대가 지은 밥을
맛있게 먹은 기억을 남겨서

으스러지게 안아서

사랑해서

미안하오

낮 열두 시 삼십이 분에 미안하오

이 시에서 미안해하는 마음은 사랑하는 감정과 등가이다. 다른 이에 대해서 마음이 편치 못하고 부끄러워하는 이 미안未安의 속마음은 다른 사람을 간절히 그리워하기 때문에 일어난다.
사랑하는 동안 우리는 웃음과 눈물이 서로 자리를 바꾸면서 마음의 밭을 일구는 것을 본다. 마음이 한결같기 어렵고 아무 때나 늘 움직이기 때문이다. 사랑은 사소한 것들이 쌓이는 것이다. 체취, 떨리는 음성과 말투, 옷깃을 여미는 손, 비교적 고정된 반응들, 저녁에 새로이 생겨난 주름 등이 차곡차곡 쌓여서 사랑을 완성시켜 간다. 사랑은 동업同業을 하는 것과 같아서 많은 시간과 사건에 같이 종사한다. 그리하여 사랑은 쌓이면 쌓일수록 사랑했던 과거의 시간으로 문득문득 돌아가게 하고, 그리하여 안쓰러운 마음이 상주하도록 만든다.

가슴 _김승희

세상에서 말 한마디 가져가라고
그 말을 고르라고 한다면
'가슴'이라고 고르겠어요,
평생을 가슴으로 살았어요
가슴이 아팠어요
가슴이 부풀었어요
가슴으로 몇 아이 먹였어요
가슴으로 산 사람
가슴이란 말 가져가요
그러면 다른 오는 사람
가슴이란 말 들고 와야겠네요,
한 가슴이 가고 또 한 가슴이 오면
세상은 나날이 그렇게 새로운 가슴이에요
새로운 가슴으로 호흡하고 맥박 쳐요

이 시의 앞부분을 읽으면 "가슴"은 행상行商이 늘어놓은 물건 같다. 물론 가슴은 배와 목 사이의 앞부분이다. 그러나 우리는 가슴을 물질로 이해하지는 않는다. 우리는 가슴을 태우고, 가슴을 펴고, 가슴을 치고, 가슴에 새기고, 가슴에 손을 얹지만 이때의 가슴은 감정이 일어나는 심해深海 같은 곳이다. 한 시인은 가슴을 서랍이라고 했다. 그는 "공포와 비애와 우울과 불안,/ 고독과 절망과 그리움,/ 그 모든 것이 하나의 가슴에 들어 있지 않은가."라고 썼다. 그럼에도 불구하고 그는 가슴 없이 산다는 것은 벽돌처럼 사는 일이니 가슴의 서랍들을 다 빼 버리고 살 수는 없는 일이라고 했다. 우리는 때때로 가슴이 아프지만, 가슴은 "몇 아이 먹"여 살리는, 후하고 도타운 인심人心과 같은 말이다. 일일日日의 일상사日常事가 가슴이 왕래往來하는 일이라니 이러한 표현에는 우리의 가슴이 감격하지 않을 수 없겠다.

그대 앞에 봄이 있다 _김종해

우리 살아가는 일 속에
파도치는 날 바람부는 날이
어디 한두 번이랴
그런 날은 조용히 닻을 내리고
오늘 일을 잠시라도
낮은 곳에 묻어두어야 한다
우리 사랑하는 일 또한 그 같아서
파도치는 날 바람부는 날은
높은 파도를 타지 않고
낮게 낮게 밀물져야 한다
사랑하는 이여
상처받지 않은 사랑이 어디 있으랴
추운 겨울 다 지내고
꽃필 차례가 바로 그대 앞에 있다

겨울은 폐색閉塞의 계절이다. 마치 겨울에 천지가 얼어붙는 것처럼, 사랑의 시간에도 겨울이 있다. 관계가 싸늘하게 차단되는 것을 경험하는 것이다. 사랑하는 이의 기대에 나의 사랑이 미만未滿하기도 하다. 그러나 우리는 우리의 영혼 안에 사랑의 집을 건축하는 일을 그만둘 수 없다. 한 시인은 "사랑하는 이여/ 오지 않는 너를 기다리며/ 마침내 나는 너에게 간다"라고 했고, 한 시인은 "사랑은 항상 늦게 온다 사랑은 생生 뒤에 온다// 그대는 살아보았는가 그대의 사랑은 사랑을 그리워하는 사랑일 뿐이다"라고 했다. 사랑은 먼 대양으로 나아가는 한 척의 배와 같다. 오늘 잠시 풍랑이 있어 항구에 닻을 내리고 정박하더라도 내일 그 사랑의 배는 출항할 것이다. 지금 이곳이, 지금 우리의 사랑이 눈보라치는 삭막한 한천寒天이라 하더라도 우리의 앞에는 꽃과 풀잎의 봄, 봄 같은 내일이 있다.

겨울 사랑 _고정희

그 한 번의 따뜻한 감촉
단 한 번의 묵묵한 이별이
몇 번의 겨울을 버티게 했습니다
사람과 사람 사이에 벽이 허물어지고
활짝 활짝 문 열리던 밤의 모닥불 사이로
마음과 마음을 헤집고
푸르게 범람하던 치자꽃 향기,
소백산 한쪽을 들어올린 포옹,
혈관 속을 서서히 운행하던 별,
그 한 번의 그윽한 기쁨
단 한 번의 이윽한 진실이
내 일생을 버티게 할지도 모릅니다

단 한 번의 뚜렷하고 불룩하게 쑥 드러나는 사건으로 인해 그 사건 이후는 큰 변화가 있게 된다. 그 한 번의 사랑은 "소백산 한쪽을 들어올린 포옹"에 견주어지고 "혈관 속을 서서히 운행하던 별"에 비견될 정도로 우리의 마음을 찬란하게 하고, 화려하게 하며, 달뜨게 하는 것이다. 그 아늑하고 깊고 은근하고 간절한 사랑의 힘은 몇 번의 겨울을 버티게 하고, 한 사람의 일생을 버티게 할 정도로 어마어마한 힘을 갖고 있다.

이 시를 읽으면서 빅토르 위고가 쓴 시 〈로지타에게〉의 시구를 떠올려 본다. "사랑, 이것이야말로 유일한 아름다움/ 태양이 떠오를 땐 푸른 하늘도/ 태양이 없다면 온통 까맣게 된다.// 새들도 사랑해야 된다고 노래할 뿐/ 나머지 노래는 알지도 못한다." 따뜻하고 묵묵하고 그윽한 사랑의 감정을 사용할 일이다.

희망 _강은교

희망이 팔을 쭈욱 내밀고 있어.

희망의 눈초리는 낙타처럼 길군.
희망의 입술은 꽃살처럼 부드러워
희망의 어깨는 분홍이군.

그럼 이제 희망의 손을 붙잡게
그럼 이제 주머니 깊숙이 희망을 넣게

아,
달큼쌉쌀한 당신, 희망의 혀

희망은 눈에 보이거나 만질 수 있는 것이 아니지만 시인은 그 희망을 눈에 보이도록 제시하고 있다. 희망은 모래땅 모래 먼지 속을 걸어가는 낙타의 눈매처럼 강인하고, 꽃과 꽃잎처럼 부드러우며, 엷고 고운 빨강의 연하고 여성다운 색깔의 어깨를 갖고 있다고 말한다.

그러한 희망이 당신에게 긴 팔을 쭉 내밀고 있다. 앞일에 대해 기대를 갖고, 잘될 수 있다는 가능성을 스스로 믿으라고 말이다. 희망을 일상의 살림에서 잃어버리지 않도록 조금도 어김없이 주머니에 넣고 다니라고도 당부한다. 희망의 맛은 성적인 매력조차 느끼게 하는 달콤쌉쌀한 맛. 그러고 보니 희망은 연인처럼 우리와 아주 근친한 사이이며, 크게 손을 쓸 필요도 없이 퍽 쉽게 품속에 넣거나 가슴에 대어 안을 수 있는 것이다. 가망 없다고 희망을 끊어 버릴 이유가 없겠다.

湖水 1 _정지용

얼굴 하나 야
손바닥 둘 로
폭 가리지 만,

보고 싶은 마음
湖水만 하니
눈 감을 밖에.

이 시에서 "湖水호수"는 그리워하는 마음의 넓이를 뜻한다. 내 마음에 꼭 맞는 이를 보고 싶어 하는 그 마음의 크기가 넓은 호면湖面의 호수로 형상화되어 있다. 작은 손바닥 둘로 감싸면 얼굴은 넉넉하게 가릴 수 있지만, "보고 싶은 마음"은 끝없이 넓고 크고 깊어서 가릴 수 없다. 불망不忘의 의지는 열렬하게 사랑하는 감정의 온축蘊蓄에 다름 아니다. 물의 쌓임이 호수의 장광長廣을 얻듯 화자가 지니고 있는 사랑하는 감정의 쌓임은 오래된 것이어서 너르고 너른 길이와 넓이를 얻었다. 단행의 시이지만 이 시는 장쾌한 기운이 있다. 깨끗한 단념이 영원한 사랑의 지향으로 전변하는 힘을 이 시는 보여 주기 때문이다.

좋겠다 _고운기

저물 무렵
먼 도시의 번호판을 단 시외버스
터미널에서 빠져나간다

가는 동안 밤을 맞더라도
집으로 가는 길이라면 좋겠다

버스에 탄 사람 몇이 먼 도시의 눈빛처럼 보이는데

손님 드문 텅 빈 버스처럼 흐린 눈빛이라도
집으로 가는 길이라면 좋겠다

집에는 옛날의 숟가락이 소담하게
기다리고 있을 것이다.

터미널은 만나고 헤어지는 사건이 동시에 진행되는 곳이다. 떠나고 돌아오는 일이 동시에 진행되는 곳이다. 뿔뿔이 헤어져 있던 사람들이 돌아오는 곳이며, 제각기 따로따로 흩어졌던 사람들이 본디의 그곳을 찾아 되돌아가는 곳이다. "집"은 최초의 세계이자 처소이며 또한 정동情動의 공간이다. 아니 공간이 아니라 시공간이다. "집"에는 옛 시간이 보관되어 있기 때문이다. 소담하게 놓인 "옛날의 순가락"은 옛날의 가재家財일 뿐만 아니라 풍성하고 따뜻한 밥상을 뜻하기도 한다. 송년의 때에는 이 한 해가 시작되던 그 처음의 때를 생각하자. 단단히 먹었던 그 첫 번째 마음을 생각하자. 우리 모두 그 처음의 때에는 마음이 응집했었다. 그 마음이 뿔뿔이 흩어져 버린 것은 아닌지 스스로 물어보자. 귀환해야 할 것이 없는지 자문해 보자.

민들레꽃 _이은봉

농협 창고 뒤편 후미진 고샅, 웬 낯빛 뽀얀 계집애 쪼그려 앉아 오줌 누고 있다

이 계집애, 더러는 샛노랗게 웃기도 한다 연초록 치맛자락 펼쳐 아랫도리 살짝 가린 채

왼편 둔덕 위에서는 살구꽃 꽃 진 자리, 열매들 파랗게 크고 있다

눈 내리뜨면 낮은 둔덕 아래, 계집애의 엄니를 닮은 깨어진 사금파리 하나, 반짝반짝 빛나고 있고.

민들레꽃이 좁은 골목길 아주 구석지고 으슥한 곳에 낮게 피어 있다. 시인은 그 민들레꽃을 "쪼그려 앉아 오줌을 누"는 "낯빛 뽀얀 계집애"에 비유하고 있다. 민들레꽃은 샛노랗게 웃는 양 피었지만 천진하면서도 부끄러움을 함께 알아서 연초록의 잎을 펼쳐 허리 아래를 살짝 가렸다. 시인과 민들레꽃의 이 '순연한 교감', 혹은 시인과 계집애의 이 세속적 때가 묻지 않은 '마음의 따라 움직임'은 지극히 평온하다. 이 평온한 응시는 눈길을 모아 또 다른 곳을 바라보고 있는 바 살구는 파란 열매로 싱그럽게 커 가고, 사금파리는 어린아이의 어금니처럼 반짝반짝하는 빛을 얻는다. 뒤쪽, 불룩하게 언덕이 진 곳, 깨어지고 부서진 조각을 귀하게 바라보는 이 너그러운 마음이야말로 시심詩心의 본령이라고 하겠다.

첫사랑 _서정춘

가난뱅이 딸집 순금이 있었다
가난뱅이 말집 춘봉이 있었다

순금이 이빨로 깨트려 준 눈깔사탕
춘봉이 받아먹고 자지러지게 좋았다

여기, 간신히 늙어버린 춘봉이 입안에
순금이 이름 아직 고여 있다

말집은 통나무를 우물 정井자 모양으로 쌓아 올려 벽을 삼은 집이다. 서민의 살림집이다. 가난한 집 순금이와 춘봉이 가슴에 봉숭아 붉은빛이 물들었다. 순금이가 이빨로 한 알 사탕의 반을 깨트려 춘봉이 입에 물려주었다. 달콤하고 설레는 사랑의 감정이 붉은 혀에서부터 가슴 한복판으로 사르르 녹아들었겠지. 첫사랑의 빛깔은 망실亡失이 없다. 힘든 세상살이에 겨우겨우 살다 이제는 하얗게 늙어버린 춘봉이 입안에는 아직 그 감칠맛 있는 단맛이 풋풋하게 남아 있다. 순금純金처럼. 첫사랑의 감정을 우리는 아주 깊숙한 곳에 순금처럼 잘 보관한다.

그날 이후 _나태주

병원에 다녀온 뒤 몸이 더 작아졌고
직장을 그만둔 뒤 마음이 더 작아졌다

날마다 집에서만 지내다가
가끔은 아내 따라 시장에도 간다

아내가 생선을 사면 그것을 들고 다니고
아내가 잔치국수를 먹자 그러면 잔치국수를 먹는다

잔치국수 값은 2천 5백 원
오늘은 이것으로 배가 부르다.

털썩, 하고 가슴 한 층이 한 번 꺼져 내리기 전에는 일상이 얼마나 빛나는 보석인지를 잘 알지 못한다. 거창한 것의 뒤꽁무니를 집착해 따라가며 살지만 그것은 꿈이요, 허깨비요, 물거품이요, 얕은 소견이다. 비대한 몸과 허풍 센 마음이 작아지고 더 작아졌을 때 우리는 지금 이 순간의 광휘를 정면으로 만난다. 평범하고 소박하지만 물 긷고 땔감 나르는 그곳이 제자리요, 내 집이다. 털털해지고 소찬을 스스럼없이 받을 때 행복은 찾아온다. 상인들의 목소리들이 솟아오르는 시장에 가자면 시장에 가고, 비린 생선을 들라면 생선을 들고, 잔치국수를 먹자면 뜨거운 국물과 함께 후루룩 국수를 먹는 것, 그것을 우리는 '그날 이전'에는 왜 하지 못할까.

기억해 내기 _조정권

혼자

진

꽃.

진 채

내게 배송된 꽃.

발송인을 알 수 없던 꽃.

그 꽃을 기억해 냈다.

슈베르트 음악제가 한 달간 열린

알프스 산간 마을

한가로이 풀꽃에 코 대고 있는 소 떼들이

목에 달고 다니는 방울*

그 아름다운 화음에서.

*아름 글로켄Arm Glocken

혼자 피어 있다 혼자 지는 꽃. 대개의 꽃의 운명은 그렇다. 작은 숨소리로 조용하게 살다 간다. 그 고요한 일생이 부럽기도 하다. 이 시를 읽으면서 마음이 봄볕처럼 고분고분하고 편안해지는 것을 느꼈다. 알프스 산간의 초원과 풀꽃과 소 떼들이 워낭의 아름다운 화음에 어울린 풍경. 나도 그 풍경 속에서 차림이 단출한 삶, 풀꽃이었으면 좋겠다 싶었다. 조금은 외롭지만 스스로 꽃봉오리를 열어 대낮과 밤을 조금 밝힌 후 스르르 저절로 유성처럼 사라지는 목숨이었으면 좋겠다 싶었다. 당신이 바로 그 초원에 살던 풀꽃이었다는 것을 이제야 기억해 냈다.

입술 _이홍섭

수족관 유리벽에 제 입술을 빨판처럼 붙이고
간절히도 이쪽을 바라보는 놈이 있다

동해를 다 빨아들이고야 말겠다는 듯이
입술에다 무거운 자기 몸 전체를 걸고 있다

저러다 영원히 입술이 떨어지지 않을 수도 있겠다
유리를 잘라야 할 때가 올지도 모르겠다

시라는 게, 사랑이라는 게
꼭 저 입술만하지 않겠는가

시인은 눈길을 모아 한곳을 똑바로 바라보고 있다. 또한 수족관 유리벽에서도 한 어족魚族이 시인이 있는 이쪽을 똑바로 바라보고 있다. 두 시선이 서로 딱 부딪치고 있다. 시인은 "이쪽을 바라보는 놈"의 불타오르는 눈길과 사나운 기세, 그리고 "놈"의 강력한 흡착력에 대해 쓰고 있다. 흔들어도 꿈적도 하지 않을 그 골몰은 어디에서 연유하는 것일까를 생각하고 있다. 무언가를 다 빨아들여 그 대상을 나의 몸과 영혼에 합치시키려는 그 욕구가 무엇일까를 되묻고 있다. 그런데 이 빨아들임에는 속됨이 없다. 그것은 한 가지 일에 온 정신을 다 쏟는 것이어서 그렇다. 그것은 나의 주관적 소유를 위한 것이 아니라 그냥 그대로의 오롯한 열의에 해당하기 때문에 그렇다. 우리도 이처럼 간절히 있는 힘을 다해 살아가고 있다. 마치 짧은 한 편의 시를 창작하는 산고産苦와 사랑의 완성을 위한 감정의 사용이 그러하듯이.

다정에 바치네 _김경미

당신이라는 수면 위
얇게 물수제비나 뜨는 지천의 돌조각이란 생각
성근 시침질에 실과 옷감이나 당겨 우는 치맛단이란 생각
물컵 속 반 넘게 무릎이나 꺾인 나무젓가락이란 생각
길게 미끄러져버린 검정 미역 줄기란 생각

그러다
봄 저녁에 듣는 간절한 한마디

저 연보랏빛 산벚꽃 산벚꽃들 아래
언제고 언제까지고 또 만나자

온통 세상의 중심이게 하는

그동안에는 당신이 참 무뚝뚝한 사람인 줄로만 알았다. 당신은 수면처럼 담담하고 침묵했으니까. 그럴 때마다 나는 당신에게 외면당하는 줄로만 알았다. 심지어 임시로 띄엄띄엄 박음질하는 통에 반반하지 못하고 우글쭈글해진 옷감처럼 느껴졌으니까.
그런데 불쑥, 당신과 나 오늘처럼 꽃 아래 만나자니. 꽃은 기약도 없이 곧 질 테지만. "또" 만나자니. 내년에 이 꽃 피거든 그 아래서 또 만나자니. "언제고 언제까지고" 만나자니. 내후년에도 만나자니. 아, 해마다 만나자니. 당신은 내게 꽃이 되겠다 한다. 당신은 내게 명년明年이 되겠다 한다. 그동안에도 나는 당신이 참 다정한 사람일 거라고 거듭거듭 혼잣말을 했다.

시간들 _안현미

침묵에 대하여 묻는 아이에게 가장 아름다운 대답은 침묵이다
시간에 대해서도 그렇다

태백산으로 말라죽은 나무들을 보러 갔던 여름이 있었지요

그때 앞서 걷던 당신의 뒷모습을 보면서 당신만큼 나이가 들면 나는 당신 같은 사람이 되고 싶다 하였습니다

이제 내가 그 나이만큼 되어 시간은 내게 당신 같은 사람이 되었냐고 묻고 있습니다 나는 대답을 할 수 없어 말라죽은 나무 옆에서 말라죽어가는 나무를 쳐다보기만 합니다

그러는 사이 바람은 안개를 부려놓았고 열일곱 걸음을 걸어가도 당신은 보이지 않습니다 당신의 시간을 따라갔으나

나의 시간은 그곳에 당도하지 못하였습니다

당신은, 당신은 수수께끼 당신에 대하여 묻는 내게 가장 아름다운 대답인 당신을 침묵과 함께 놓아두고 죽은 시간

열일곱 걸음을 더 걸어와 다시 말라죽은 나무들을 보러 태백에 왔습니다 한때 간곡하게 나이기를 바랐던 사랑은 인간의 일이었지만 그 사랑이 죽어서도 나무인 것은 시간들의 일이었습니다

СДЕЛАНО В СССР

당신을 흠모하여 당신의 등 뒤에서 불어오는 바람에도 나는 일렁이며 설레었다. 물렁물렁한 안개가 최초로 가슴속에서 일어나듯이.
열일곱 걸음을 더 가면 당신의 시간과 나의 시간을 포갤 수 있겠거니 생각했다. 그러나 내가 당신에게로 열일곱 걸음을 더 가서도 나는 당신을 종내 만나지 못했다.
내가 당신에게로 가는 그 길은 당신이 앞서 내고 간 길이 아닌가. 세상에는 길이 하도 많아 돌길과 뱃길과 달과 별의 길을 다 헤아릴 수도, 좇을 수도 없기 때문인가. 열일곱 걸음은 얼마나 멀고 먼 사랑의 거리인가.
내게 가장 아름다운 대답인 당신은 어서 말을 좀 해 보라고.

너를 이루는 말들 _김소연

한숨이라고 하자
그것은 스스로 빛을 발할 재간이 없어
지구 바깥을 맴돌며 평생토록 야간 노동을 하는
달빛의 오래된 근육

약속이라고 해두자
그것은 한 번을 잘 감추기 위해서 아흔아홉을 들키는
구름의 한심한 눈물

약속이 범람하자 눈물이 고인다 눈물은 통곡이 된다
통곡으로 우리의 간격을 메우려는 너를 위해
벼락보다 먼저 천둥이 도착하고 있다
나는 이 별의 첫번째 귀머거리가 된다
한 도시가 우리 손끝에서 빠르게 녹슬어간다

너의 선물이라고 해두자
그것은 상어에게 물어뜯긴 인어의 따끔따끔한 걸음걸이
반짝이는 비늘을 번번이 바닷가에 흘리고야 마는
너의 오래된 실수

기어이
서글픔이 다정을 닮아간다
피곤함이 평화를 닮아간다

고통은 슬며시 우리 곁을 떠난다

소원이라고 하자
그것은 두 발 없는 짐승으로 태어나 울울대는
발 대신 팔로써 가 닿는 나무의 유일한 전술
나무들의 앙상한 포옹

그러므로 우리는 우리의 상처는
나무 밑둥을 깨문 독사의 이빨 자국이라고 하자
동면에서 깨어난 허기진 첫 식사라 하자
우리 발목이 그래서 이토록 욱신욱신한 거라 해두자

이 시는 어찌 이리도 유려한가. 그러나 왜 아픈지. 바보스럽고, 제대로 숨기지도 못하고, 울보이고, 칠칠하지 못하고, 그런 나와 당신. 앙상한 나무들의 포옹이라니. 내가 그렇고 당신이 그렇지. 기웃거리고, 해찰궂고, 번복하고, 그리고 엎드려 운다. 햇살은 이리 밝아지고 낮은 길어지는데. 그러나 돌아앉는 마음이 없진 않은가. 그래, "너를 이루는 말들"은 뭐 하나 반짝이지 않지만 고통이 너의 몫이고 상처가 너의 몫이니 그래, 내가 너를 마주 바라보기 위해 돌아앉으마, 그래야겠다. 나무들은 푸른 잎들을 달고 가지와 가지의 간격을 메우며 푸르게 우뚝 서 있고, 오늘은 구름이 없고, 천둥이 자주 우는 여름보다는 조금 이른 계절이고, 이 생소한 별에 와서 나와 당신은 눈빛을 주고받고 있으니.

세상의 등뼈 _정끝별

누군가는 내게 품을 대주고
누군가는 내게 돈을 대주고
누군가는 내게 입술을 대주고
누군가는 내게 어깨를 대주고

대준다는 것, 그것은
무작정 내 전부를 들이밀며
무주공산 떨고 있는 너의 가지 끝을 어루만져
더 높은 곳으로 너를 올려준다는 것
혈혈단신 땅에 묻힌 너의 뿌리 끝을 일깨우며
배를 대고 내려앉아 너를 기다려준다는 것

논에 물을 대주듯
상처에 눈물을 대주듯

끝모를 바닥에 밑을 대주듯

한생을 뿌리고 거두어

벌린 입에

거룩한 밥이 되어준다는 것, 그것은

사랑한다는 말 대신

시인은 '대주는 것'이 우리의 삶을 등뼈처럼 곧추세우고 지탱한다고 말한다. 그것도 무작정, 이득을 따지는 일 없이, 자린고비 노릇을 하지 않고 안는 품, 주는 돈, 사랑에 젖은 붉은 입술, 든든한 어깨를 허심히 대주는 일이 세상의 등뼈라고 말한다. 그것도 후일 대금代金을 받을 생각을 접고서.

다른 이의 상처를 대신 앓아 내가 먼저 눈물을 흘리고, 다른 이의 생의 의지가 곤두박질치는 것을 내가 먼저 바닥으로 내려가 받아내고, 그리하여 다른 이의 허기진 영혼에게 내가 한 공기의 따뜻한 밥이 되는 일, 그것을 시인은 사랑의 구체적인 모습이라고 말한다. '대주는 것'이라는 투박한 말 속에 이처럼 크고 깊고 완전한 사랑이 담겨 있는 줄은 미처 몰랐다. 사랑은 이처럼 묵연한 성격이라는 걸 더러는 잊고 살았다.

루실 _황인숙

그녀는 내 언니의
더 언니인 미국인 친구
창문들 쓸쓸한 마을 외곽
묘지 건너에 산다
전에는 없었던 그녀의 새남편이
나보다 더 수줍어하며
작은 흔들의자에 앉아 있다

아주 젊은 날부터 한번도
둘 이상 일거리를 놓은 적 없던 그녀
이제는 아무 일도 하지 않는다

그녀는 내게 작은 상자를 건넸다
은빛 귀고리 한 쌍과 목걸이가 들어 있다
전에 그녀가 준 파란색 아이섀도는

아마도 아직 내 서랍에 있지
그녀는 내가 건넨 초콜릿 상자를 만지작거리다
살그머니 탁자에 내려놓고
부엌에 가 브라우니를 가져왔다
그녀가 직접 구운 브라우니는
포슬포슬한 진흙 맛이 났다
그녀도 그녀 남편도
당뇨가 있다고

창문 쓸쓸한
묘지 건너 작은 집
그녀가 성큼성큼 오르내리던,
2층 침실로 가는 계단 밑에서
나는 그녀를 끌어안았다
전에 그녀는 기골 장대한 여인이었다

루실, 20년 만에 본

그녀는 내 언니의 미국인 친구

다음에 또 보자는 내 인사에

그녀는 아무 대답하지 않았다

루실……

외곽에서 외따로이 묘지를 바라보면서 흔들의자에 앉아 있는 루실. 언니의 친구이므로 아주 자주 만나지는 못했을 사람. 몇 줄의 기억과 이만큼의 감정이 있는 루실. 다음에 만날 일을 기약하자면 그만 묵묵부답하고 마는 여인. 삶에 물기가 적고, 바스라지기 쉬운 늦가을 나뭇잎처럼 포슬포슬한 여인. 이제 만지작거리다 그만 두는 일이 조금씩 늘어난 여인.

루실은 언니의 친구. 그러나 루실은 당신의 언니, 당신의 자매. 무한히 선물하고자 하는 마음씨를 소유한 겸손한 여인. 예전으로의 회복을 고집하지 않는 여인.

그런데 이 시를 읽는 내내 "또 보자"는 이 말은 왜 이리 출렁출렁하고 뭉클한가. 더 많이 만나고, 더 많이 수다스럽게, 더 자주 화장을 하고, 더 많이 마음에 보석함을 지니고 살아야겠다, 우리.

chapter 3

• • •

가만히 마음을 바라볼 때

속도 _유자효

속도를 늦추었다

세상이 넓어졌다

속도를 더 늦추었다

세상이 더 넓어졌다

아예 서 버렸다

세상이 환해졌다

지극히 짧은 시다. 그러나 옳다고 인정하지 않을 수 없다. 이동하는 빠르기를 뒤지게 하면 세계는 달리 보인다. 긴장을 조금 풀면 시야가 넓어진다. 무엇이든 넉넉해지고 남음이 있게 된다. 느긋하고 차분하고 너그럽게 된다. 시간을 더 오래 즐기게 된다.

속달 우편처럼 살 일 없다. 고삐를 늦추어 잡고, 세상에 곁을 두고서, 친밀감을 표현하면서 살 일이다. 시간의 책장을 한 장씩 살피며 넘기듯이 살아야겠다. 어떤 기준에 뒤떨어지거나 못한 것을 거들어 주고 곁부축하면서. 건듯이, 곡선처럼, 미달한 사람처럼, 서투르지만 밝게, 적고 부족하게 살아야겠다.

입술 _손택수

명옥헌 못에 숲이 비친다
숲은 제 그림자와 만나 도톰한
입술이 된다
떠가는 배 같고, 물고기 같고
산에 벚꽃 피면
일찍 뜬 달 같기도 한
아래와 위가 포개진 못 가장자리를
눈에 띄지 않게 달싹이고 있다 복화술사처럼

그 입술에 연지를 입히려고 백일홍을 심었던가
꽃은 떨어져서 꾹 다문 입술에
주름을 만든다

못의 수면에 숲이 들어온다. 물의 겉면인 수면은 숲을 되비춘다. 숲과 수면에 잠긴 숲의 모습은 위아래에 도도록이 붙어 있는 얇고 부드러운 "입술"의 형상을 이룬다. 하얀빛을 띤 분홍색의 벚꽃은 수면에 내려앉되 그 빛을 잃지 않아 달처럼 떴다. 촉촉이 젖은 눈을 뜨는 수면은 잔잔하고 고요하여 물物을 물物 그대로 되비춘다. 수면에는 하늘, 흰 물새, 숲이 함께 산다. 하늘은 하늘의 영역만큼 수면에 살고, 지나가는 흰 물새는 잠시 수면에 떴다 갈 뿐 수면에 비친 하늘과 숲을 흐트러지게 하지 않는다. 산에 사는 싱그러운 사람은 못에 얼굴을 비추었다 집으로 돌아간다. 나도 수면을 보면 나를 눕히어 발등까지 비추어 보고 싶어진다. 나도 투명하고 차분하고 평온한 수면처럼 이 세계를 되비춰주고 싶어진다.

가을은 _유종인

전생前生의 빚쟁이들이 소낙비로 다녀간 뒤

내 빚이 무엇인가

두꺼비에게 물어보면

이놈은 소름만 키워서

잠든 돌에

비게질이다

단풍은 매일 조금씩 구간舊刊에서 신간新刊으로

한 몸을 여러 몸으로 물불을 갈마드는데

이 몸은

어느 춤에 홀려

병든 피를

씻기려나

추녀 밑에 바래 놔둔 춘란 잎을 어루나니

서늘타, 그 잎 촉燭들!

샛강 물도 서늘했겠다

막걸리 몇 말을 풀어서

적막 강심江心을

달래야겠다

한로와 상강이 지났다. 찬 하늘에는 기러기가 날아들기 시작했다. 오늘은 국화 그늘을 만지작거렸다. 한유는 국화를 보고 "주머니 속에 누런 금색의 조가 늘어서 있다."라고 썼다.

가을비가 다녀간 마당을 보며 시인은 전생의 죄를 스스로에게 묻는다. 천형天刑을 받은 듯 흉측한 외양의 두꺼비에게 물어도 이놈은 가려운 곳을 긁느라고 돌에 몸을 대고 비비고만 있다. 숲은 채색을 바꾸고 있다. 꼭 그 모습이 예전에 나온 책을 새로이 낸 듯하다. 시인은 이 산색山色의 몸 바꿈을 보며 인간의 몸에 잦게 찾아드는 병을 걱정한다. 가을 강만 적막한 것이 아니어서 시인의 심중心中도 강의 한복판처럼 적막하다. 시인은 탁주로 시름을 잊고자 한다. 그러나 왜 가을의 적막한 심사心思를 버려야 할까. 이 적막도 짧아 곧 물이 얼 것이니 적막을 춘란잎 어르듯 어를 일이다.

P
P

새해 첫 기적 _반칠환

황새는 날아서

말은 뛰어서

거북이는 걸어서

달팽이는 기어서

굼벵이는 굴렀는데

한날 한시 새해 첫날에 도착했다

바위는 앉은 채로 도착해 있었다

황새와 말과 거북이와 달팽이와 굼벵이는 이동하는 공간도 방법도 보폭도 속도도 다르다. 각자 낱낱의 층, 낱낱의 하늘에서 살고 있다. 그러나 이들에게 시간이 달리 주어지지는 않는다. 차이 없이 고루고루 주어진다. 해가 바뀌어 새로이 시작되는 첫 순간도 똑같이 주어진다. 같은 날 같은 시각이 주어진다. 그러므로 이 생명세계의 모든 존재들은 존엄에 있어서도 서로 견주어 높고 낮음이 없고, 낫고 못함이 없는 동일 선상에 서 있다. 고르고 가지런하다. 심지어 늘 묵중한 바위도 이들과 어깨를 같이한다. 차등이 없다.

빅뱅 _강연호

대폭발이 우주를 만들었다고 한다
우주는 한 점에서 출발하여
정확히 표현하자면 대폭발이라기보다
모든 방향으로의 순간적인 대팽창으로 이루어졌다고 한다
지금도 여전히 팽창하고 있어서
우주의 무수한 은하들은 서로 점점 더 멀어지고 있단다
다른 은하에서 보면 우리 태양계도
점점 더 멀리 보이고 있을 것이다
빅뱅이란 그러니까 은하와 은하가 서로 줌 아웃, 하는 것
꺼이꺼이 불러봐야 우주는 서로 멀어지고
우리는 점점 더 외로워질 것이다
지금 당장 이웃을 사귀어야 하는 이유다

빅뱅Big Bang 이론에 따르면 대폭발에 의해 우주가 탄생했다고 한다. 팽창하면서 은하와 은하 사이에는 거리가 생겨났으며 서로 멀어졌다고 한다. 그러고 보면 우주는 정적이지 않고 상당히 동적이다. 이 시를 통해 시인은 은하와 은하, 인간과 인간 사이에서의 줌 아웃Zoom Out에 대해 말한다. 줌 아웃은 얼굴을 돌림이요, 마음의 외면이요, 지내는 사이가 두텁지 않고 간극이 있어 서먹서먹함이요, 틈이 있다는 뜻이다. 그리하여 우리는 점차 의지할 데가 없는 외톨이가 된다는 것이다. 동떨어지지 않고, 어울리고, 헤아려주고, 보다 다정하게 사는 것, 그것만이 지금도 진행되고 있는 빅뱅의 시대를 견디며 살아갈 수 있는 지혜라고 말한다.

천지간 _김명인

저녁이 와서 하는 일이란
천지간에 어둠을 깔아놓는 일
그걸 거두려고 이튿날의 아침 해가 솟아오르기까지
밤은 밤대로 저를 지키려고 사방을 꽉 잠가둔다
여름밤은 너무 짧아 수평선 채 잠그지 못해
두 사내가 빠져나와 한밤의 모래톱에 마주 앉았다
이봐, 할 말이 산더미처럼 쌓였어
부려놓으면 바다가 다 메워질 거야
그럴 테지, 사방을 빼곡히 채운 이 어둠 좀 봐
망연해서 도무지 실마릴 몰라
두런거리는 말소리에 겹쳐
밤새도록 철썩거리며 파도가 오고
그래서 여름밤 더욱 짧다
어느새 아침 해가 솟아
두 사람을 해안선 이쪽저쪽으로 갈라놓는다

그 경계인 듯 파도가

다시 하루를 구기며 허옇게 부서진다

하늘이 높은 곳에 있고, 너른 땅이 아래에 펼쳐져 있다. 때는 저녁이어서 검은 물처럼 흘러내린 어둠이 사방에 꽉 차 있다. 견고하게 오직 캄캄하여서 마치 자물쇠를 채우거나 빗장을 걸어 둔 것만 같다. 그리고 짧은 여름밤의 긴 해변이 있고, 수평선이 있고, 모래톱이 있고, 모래톱에 앉은 두 사내가 있다. 두 사내는 모래톱에 앉아 대화를 나눈다. 두 사내는 하늘과 땅 사이에 앉아 산더미처럼 쌓인 이야기를 나눈다. 어둠 속에 앉았으니 두 사내 사이에는 경계가 없고, 구별과 분간 없이 뒤섞여 있다. 마치 하늘과 땅이 위아래의 분별이 없이 어둠 속에서 하나의 우주가 되듯이.

그러나 하늘과 땅이 교가交加하여 갈라짐이 사라진 시간, 두 사내가 흉금을 터놓아 지내는 융화의 시간은 지속되지 못한다. 다시 수평선 위로 해가 뜨고 모든 존재들이 일광日光 아래 구획되는 낮의 시간이 시작되는 것이다. 그러므로 때때로 우리는 천지가 합쳐지는 밤의 시간을 살고 싶은 것이다. 서로에게 파도처럼 물결치고 싶은 것이다.

춤추는 은하 _황동규

창밖에 포근한 융단 깔리는 느낌 있어
눈 부비며 베란다로 나간다.
흰 눈이 8층 아래 주차장을 가득 메우고
건너편 축대를 한 뼘 가까이 돋우고, 흥이 남아
공중에 눈송이를 날리고 있다.
마당 가득 하얗게 살구꽃 흩날리는 아침
정선군 민박집이 8층 높이로 올라!
새 꽃밭 찾아낸 벌들이 8자형 그리며 춤추듯
눈송이들이 느슨한 돌개바람 타고
타원을 그리며 춤춘다.
살랑대는 저 춤사위, 지구의 것 같지 않군.
그래 은하 춤!
은하 속 어디엔가 꽃피운 행성 하나 찾아냈다는 건가?
잠깐, 기억들 다 어디 갔지?
뇌 속이 물 뿌린 듯 고요해지고, 살랑대며 춤추는 은하가 천천히 돌면서 다가온다.

나도 모르게 몸을 내민다.

지난겨울 어느 날에 하나둘 탐스러운 눈송이가 날리던 날이 떠오른다. 굵게 엉기어 꽃송이처럼 내리던 눈이 떠오른다. 눈은 와서 세상의 소란을 다 덮었다. 눈이 덮인 벌판을 보는 일도 좋았다. 시인은 눈 내린 풍경을 융단이 깔리는 느낌이라고 썼다. 그리고 시인은 눈송이들이 펄펄 공중에 날리는 것을 보았던 모양이다. 마치 하얀 살구꽃이 흩날리는 것처럼 느껴졌을 것이다. 새로운 꽃밭을 찾아낸 벌의 비행 같기도 했을 것이다. 시인은 흩날리는 눈송이를 은하가 추는 춤이라고 칭했다. 우주의 춤이라는 뜻이다. 물론 모든 생명들이 우주 생명이지만, 하나의 미시적인 현상을 광활한 우주적인 행위로 읽어낼 수 있는 것은 시인의 높은 연륜 때문이다. 한 시인은 우리가 만나는 최대의 기적은 '움트는 일'이라고 했는데, 새순 돋고 꽃 피는 새봄에는 은하가 추는 춤을 더 많이 볼 수 있다.

병 속에 _홍성란

용대리 꼬마가 물고기를 잡았는데

이름이 뭐냐 물으니 아직 안 지어줬대요

저것 봐
아무것도 아닌 게 살랑대는
저것 좀 봐

꼬마가 냇가에서 물고기를 잡아 병에 가두었다. 도중에 시인과 만났다. 시인은 물고기의 이름을 묻는다. 꼬마는 수초 속이나 돌 밑에 살다 자신의 손에 사로잡힌 이 물고기에게 아직은 이름을 붙이지 않았다고 말한다. 이름이 없으니 이 물고기는 “아무것도 아닌” 것이 되었다. 그런데 이상하게도 “아무것도 아닌” 것이라고 말하는 순간 어떤 희한한 희열이 생겨난다. “아무것”이란 특별히 정해진 게 없는 어떤 것 일체를 말하기 때문에 얽매임이나 제한으로부터 벗어나 있다. 아이에게 물고기의 이름은 허명虛名에 불과하다. 아이에게 이름名은 조작造作이요, 분별하여 인식한 견해요, 이미 뿌리내린 앎에 불과할지 모른다. 그리하여 우리가 어떤 대상을 “아무것도 아닌” 것으로 자유롭게 풀어놓는 순간 우리는 명명命名되기 이전의 실체實體, 고유한 실상實相을 직접 보게 되는 것이다. 아이의 천진심天眞心에는 상相이 없다.

별것도 없다고 투덜거리던 달도

_최하림

지구를 돌고 돌아도 밤이 가고 또 갈 뿐

별것도 없다고 투덜거리던 달도

마당 깊은 집으로 사람들이 모여들면

걸음을 멈추고 귀 세우고서

내려다보고 있다

궤도를 돌고 도는 달의 운행은 겉으로 보기엔 밋밋하기만 할 뿐 별다른 맛이 없다. 낮과 밤, 흑백이 교차될 뿐이다. 그런데 사람들이 생각하기에 달은 그냥저냥 돌고 도는 달일 뿐이라고는 생각되지 않는다. "마당 깊은 집"에 사람이 웅성웅성 모여들었을 때 달이 가던 "걸음을 멈추고" 서서 "내려다보고 있다"는 생각은 엄밀하게 말하자면 사람들의 생각이다. 사람들이 모여들어 있는 그 어느 순간에 누군가가 지나가는, 돌고 도는 달을 올려다보았던 것이다. 인생이 달의 매끈한 운행처럼 대개 "별것"도 없지만, 가끔은 "마당 깊은 집" 가득 사람을 불러 모으는 삶의 사건들이 생겨난다. 세상의 일은 사람과 사람의 관계에서 빚어진다. 그 관계에서 사는 재미가 생겨난다. 미끈한 달도 그런 재미를 안다고 이 시는 말한다.

일몰日沒 _오세영

온종일 지구를 끌다가
저물녘
지평선에 누워 비로소
안식에 든 산맥.

하루의 노역을 마치고
평화롭게
짚 바닥에 쓰러져 홀로 되새김질하는
소 잔등의
처연하게 부드러운 능선이여.

이 시는 그림 하나를 뚜렷하게 그려내고 있다. 해가 저무는 무렵의 한가하고 고요한 산가山家의 풍경을 포착하고 있다. 해가 진 뒤의 어스레한 때인 만큼 고요하고 평화롭고 쓸쓸하기도 하다. 낮의 밭일을 마친, 기진맥진한 소를 시인은 연민으로 바라보고 있다. 낮의 일은 탄탄한 근육의 감각을 통해 표현되고 있듯이 아주 고된 노동이었다. 비로소 겨우 편히 쉬게 된 소의 잔등을 산등성이의 완만한 곡선에 겹쳐서 그려내고 있다. 아, 이러한 쓸쓸하고 적막한 평화의 번짐을 우리는 얼마 만에 다시 느껴보게 되는지. 이 시를 읽으면서 "물 먹는 소 목덜미에/ 할머니의 손이 얹혀졌다/ 이 하루도/ 함께 지났다고/ 서로 적막하다고."라고 쓴 김종삼 시인의 〈묵화〉를 또한 떠올리게 된다.

구름층 _정현종

맑은 날
언뜻 언뜻 푸른 하늘이 보이는
저 구름층은 얼마나 시원한가.
가령 건물의 십팔층이나 육십오층에 비해
또 사람 세상의 이런 층 저런 층에 비해
얼마나 가볍고 환한가.
그 가벼움의 높이와
그 환함의 밀도의
폭발적인 시원함에 겨워……

구름들의 밑면이 거의 같은 높이에 떠서 하나의 층을 이루고 있다. 비슷한 높이에 있으나 구름의 밑면은 마름질하듯 재거나 자르지 않아 들쭉날쭉하게 자세와 자리를 바꾸며 이동하고 흘러간다. 시인은 상공에 떠 있는 구름의 층을, 구름들이 거듭 포개져 생긴 그 켜를 가벼움과 환함의 세계라고 말한다. 건축된 인공 건물의 층이나 사람 세상의 계층과는 아주 다르다고 말한다. 물렁물렁한 구름들의 층과 층 사이에는 푸른 하늘이 있다. 그러나 인공 건물의 층과 층 사이에는 벽돌과 철재로 만든 각지고 단단한 공간이 있을 뿐이다. 사람 세상에 생긴 계층도 배타적이다. 시인은 이에 비해 구름층에는 "폭발적인 시원함"이 있다고 말한다. 이때의 시원함이란 아마도 활짝 트임을 뜻하지 않을까 싶다.

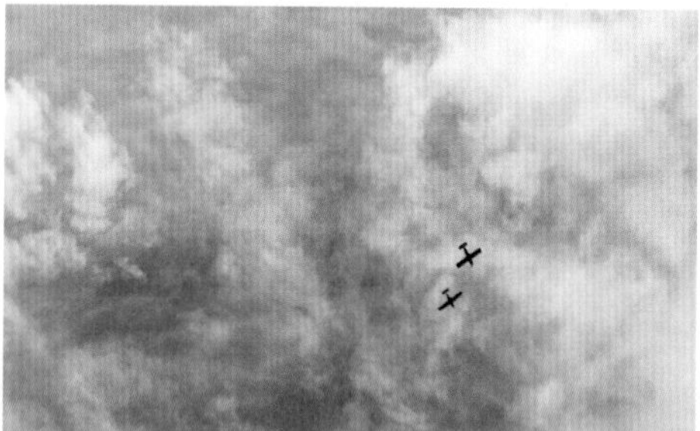

옥수수밭의 살림 _장석남

옥수수밭가에 와 살고부터
나는 지금 옥수수밭가에 살고 있구나 생각했다
옥수수밭의 수런거림과 두근거리는 살림을 살피고부터
나도 저 옥수수밭의 살림이구나 생각했다
폭풍우가 검은 스크럼으로 덮치는 여름밤
조용히 어머니의 안부를 묻고 그리고
사랑이 없던 때도 생각했다

이 옥수수밭을 떠나 살고부터
이 옥수수밭을 생각할 것이다
그때는 옥수수밭 사이로 반딧불이들도 날을 것이다
허밍처럼 눈시울 속을 날을 것이다

8월의 옥수수밭을 바라보았다. 붉은 태양 아래 옥수수들이 익어가고 있었다. 입술을 꼭 다물고 있었다. 가지런한 치열齒列을 감추고서. 푸른 옥수숫대는 장수처럼 의젓하고 당당했다. 불볕더위에 뜨거워진 모래 위를 묵묵하게 걷고 있는 낙타 같기도 했다.

그리고 문득 바람이 옥수수밭을 지나가는 것을 보았다. 여러 옥수숫대들이 한데 모여 수선스럽게, 약간 큰 소리로 떠들썩하게 얘기하는 것 같았다. 먼 바다의 풍랑 같았다. 놀라거나 불안하여 가슴이 자꾸 뛰고 있는 옥수수밭의 살림을 보았다. 그 살림은 나의 가난한 살림 같았다. 그 살림은 늙고 나약해진 내 어머니의 살림 같았다. 사랑이 없는 적막하고 쓸쓸한 이의 가슴 같았다.

그러나 후일에 우리는 격랑의 옥수수밭을, 그 궁핍했던 살림을 까마득하게 잊게 되겠지. 우리 기억 속의 옥수수밭은 허밍의 가벼운 곡조 속에 남아 있겠지.

참회록 _홍신선

지나가거라, 나는 여기 아프지 않게 주저앉아 남으려 하느니
다만 늙고 병들었을 뿐이니
지나가거라 남은 시간들은
퇴역한 무용수처럼 한 벌씩 목숨 벗어던지며 자진하리니
아직도 손으로 더듬더듬 짚어가면 삭이지 못한 살피죽 밑 멍울선 죄罪들 만져지느니
지나가거라
언제 나를 던져 피투성이로 너인들 껴안고 뒹굴었느냐 폭발한 적 있느냐
안전선 뒤에 남 먼저 뒷걸음질로 물러서지 않았느냐*
그렇다 잘 가거라
살아서 더는 만날 수 없는 마음의 덧없음에 살 떨릴 뿐

오, 말 탄 자

그대는

*고 임영조의 시 중에서

뒷선으로 물러나 살았다. 무사武士였던 적도 없었지만, 마치 퇴역한 무사인 척. 고래고래 고함쳐 부른 적도 별로 없다. 맞붙은 적도 없다. 주섬주섬 챙겨 넣어 뒤로 물러앉았다. 주섬주섬 변명을 늘어놓았다. 세월을 살아도 오다가다 만난 세월처럼 데면데면했다. 그 모든 젊음의 시간에 단 한 줄의 참회록도 없이.

그러나 오늘은 오늘의 고백을 한다. 오늘은 오늘의 참회를 한다. 오늘은 오늘의 생명으로 꽃처럼 폭발할 것이다. 나를 지나갈 시간도, 나에게 남은 시간도 아직 많기에. “내일이나 모레나 그 어느 즐거운 날에/ 나는 또 한 줄의 참회록을 써야”할지 모르더라도.

虛空藏經 허공장경 _김사인

빈농의 아들로 태어났다.
학교를 중퇴한 뒤
권투선수가 되고 싶었으나
공사판 막일꾼이 되었다.
결혼을 하자 더욱 어려워
고향으로 내려가 농사를 지었다.
떨어 먹고 도로 서울로 와
다시 공사판.
급성신부전이라 했다.
삼남매 장학적금을 해약하고
두 달 밀린 외상 쌀값 뒤로
무허가 철거장이 날아왔다.
산으로 가 목을 맸다.
내려앉을 땅은 없어
재 한 줌으로 다시 허공에 뿌려졌다.

나이 마흔둘.

세상이 왜 이토록 곤고해졌을까. 요즘의 가난에는 왜 바닥이 없는가. 세 끼 밥 굶는 삼 남매들이 그 얼마인가. 누가 이 사내를 에워싸고 꽁꽁 얽어매어 놓았나. 사내여, 지상에는 홑이불도 없어 하늘 이불을 덮었구나. 빈 쌀독 같은 이 세상에 가난한 아비로 다시 돌아오지는 말아라. 존비尊卑가 없는 세상이거든 그때 오라.

책 읽으며 졸기 _김기택

잠이 깨는 순간마다
얼핏 책상 앞에서 졸고 있는 내가 보였다
고개가 한쪽으로 기울어져 있었다
코고는 소리를 얼른 멈추고 있었다
소매로 입가의 침자국을 닦고 있었다
졸음을 쫓아내려고 머리를 흔들고
열심히 눈을 비비고 헛기침을 하고 있었다
고개를 꼿꼿이 세우고 눈을 부릅뜨고
글자에 촛점을 맞춘 나는
더이상 졸지 않고 책에만 집중하였다
는 생각 속에서 허겁지겁 빠져나와
침 닦으며 눈 비비며 다시 잠 깨는 나를 보았다
이제야말로 깨어 있다는 생각을 하면서
내 머리통은 또 한쪽으로 꺾이어 있었다
분명히 멈추었다고 생각했던 코고는 소리를

다시 멈추고 있었다

부릅떴다는 생각 속에서 어느새 풀려버린 눈을

다시 번쩍 뜨고 있었다

또렷하게 보였던 글자들이

부랴부랴 허공에서 책 속으로 되돌아오고 있었다

이젠 정말로 정신 차리자고 기지개를 하고

고개를 세차게 흔들어본 다음

자세를 고치고 마음을 다잡아 글에 집중하였다

는 생각 속에서 깨어 침을 닦고 있는 나를

꺾인 고개를 얼른 세우고 있는 나를

굳게 붙어버린 눈을 뜨고 있는 나를

잠시 후 다시 보고야 말았다

책 보는 걸 아예 포기하고 책상에 엎드렸다

기다렸다는 듯 단내 나는 잠이 한꺼번에 밀려와

바로 깊은 잠에 빠져들었다

는 생각 하나가

잠 속에서 말똥말똥 눈을 뜨고 있었다

졸음은 참을 수가 없다. 너무 무겁다. 천하장사도 들어 올릴 수 없다. 큰 산, 큰 바다다. 번쩍 들어 올려 옮길 수도, 헤엄쳐 빠져나올 수도 없다. 무너지고 무너지는 기슭 흙이다. "에라, 모르겠다. 까짓것 자 버리자." 이럴 때 많았다. 그러나 그런 수 없을 때 더 많았다. 얼마나 난처했는지 이루 다 말할 수 없었다. 알고 있지 않은가? 졸음은 불가항력이라는 것을. 졸음은 내 잘못이 아니다. 7월의 햇살 아래 나에게 말똥말똥한 눈을 기대하지는 말라. 얼음 같은 수박 한 통 쩍 잘라 먹으면 이 졸음 달아나실지……

지구의 속도 _김지녀

천공天空이 아치처럼 휘어지고 있다
빽빽한 어둠 속에서
땅과 바람과 물과 불의 별자리가 조금씩 움직이면
새들의 기낭氣囊은 깊어진다

거대한 중력을 끌며 날아가 시간의 날카로운 부리를 땅에 박고 영원한 날개를 접는 저 새들처럼,
우리가 더 이상 살아갈 수 없는 일들에 대해 생각할 때
교신이 끊긴 위성처럼 궤도를 이탈할 때

우리는 지구의 밤을 횡단해
잠시 머물게 된 이불 속에서 기침을 하고
다정한 눈빛을 보내지만, 묵음의 이야기만이 눈동자를 맴돌다 흘러나온다
문득 창문에 비친 얼굴을 바라보며

서로의 어깻죽지에 머리를 묻고 잠들고 싶어도

근육과 뼈가 쇠약해진 우주인과 같이
둥둥 떠다니며 우리는 두통을 앓고
밥을 먹고 함께 보았던 노을과 희미하게 사라지는 두 손을
가방에 구겨 넣고는 곧 이 밤의 터널을 지날 것이다

어딘가로 날아갈 수밖에 없는 새들의 영혼처럼
누구도 알아채지 못하는 지구의 속도처럼
조용히 멀미를 앓으며
저마다의 속도로 식어 가는 별빛이 될 것이다

낮이 지나가는 속도를, 밤이 지나가는 속도를 완벽히 감각하며 살 수는 없다. 낮과 밤이 흐르는 속도가 빌딩의 회전문 같다면 우리는 살 수가 없다. 분명 호되게 현기증에 시달리고 말테니. 별자리를 유심히 살펴볼 기회도 없는 우리는 기침을 하고, 두통을 앓고, 가벼운 멀미를 앓을 뿐이다. 그것이 지구의 속도 때문임을 알아채지도 못한 채. 그렇다고 불끈 쥔 주먹을 하고 살아야 할까. 눈물은 눈물로, 미소는 미소로 받아들이며 사는 것이다. 눈물과 미소의 원천과 속도를 알 수 없듯이. 오규원 시인은 생전에 남긴 한 시구詩句에서 이렇게 노래했다. "만물은 흔들리면서 흔들리는 만큼/ 튼튼한 줄기를 얻고/ 잎은 흔들려서 스스로/ 살아있는 잎인 것을 증명한다"라고.

chapter 4

가만히 사물을 바라볼 때

무너밋골 달빛 _오태환

하릅강아지 누렁강아지 귀때기처럼 돋는 달빛

양지머리 뒷사태 斤 가웃 맑은 국거리로 한 소끔씩 뜨는 달빛

으슥한 도린결 도린결만 뒤지고 다니는 따라지 달빛

마른장마 맞춰 벼르다 벼르다 듣는 감또개 같고 감꽃새끼 같은 달빛

잘 잡순 개밥그릇이나 설거지하듯 살강살강 부시는 달빛

이 시는 달빛의 생김새, 하는 일을 순우리말과 섬세하고 영롱한 서정을 통해 표현하고 있다. 가령 "하릅강아지"는 나이가 한 살 된 강아지이니, 얇고 작고 반투명의 둥근 귀 같은 달빛이라는 뜻이다. 또한 "양지머리"나 "뒷사태"는 근막이 많이 형성되어 있는 부위이니 그것 자체로의 양감量感이 달빛을 연상시키기도 하지만 또 그것을 푹 삶은 물처럼 달빛이 뽀얗고 반질반질한 기운이 있다는 뜻이기도 하다. "도린결"은 또 어떤가. "도린결"은 외진 곳이니 달빛이 외진 곳까지 빼·짐없이 골고루 내리비치고 있다는 뜻이다. 특히 이 시는 음악적인 효과를 충분히 거두고 있다. 에드거 앨런 포는 "시에 있어서 아름다운 음을 이해하는 것은 인간이 갖는 지상 무한의 개념 작용"이라고 했는데, 이 시를 읽고 있으면 우리의 영혼이 가볍게 유동流動하는 느낌을 받게 된다.

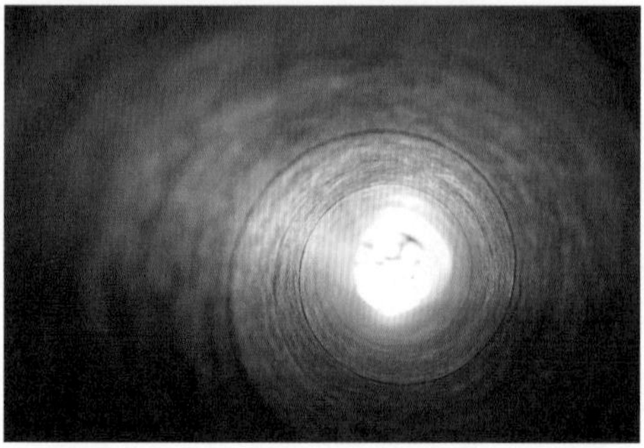

옥상의 가을 _이상국

옥상에 올라가 메밀 베갯속을 널었다
나의 잠들이 좋아라 하고
햇빛 속으로 달아난다
우리나라 붉은 메밀대궁에는
흙의 피가 들어 있다
피는 따뜻하다
여기서는 가을이 더 잘 보이고
나는 늘 높은 데가 좋다
세상의 모든 옥상은
아이들처럼 거미처럼 몰래
혼자서 놀기 좋은 곳이다
이런 걸 누가 알기나 하는지
어머니 같았으면 벌써
달밤에 깨를 터는 가을이다

이 시를 지배하는 것은 상방上方의 공간이다. 위쪽 방향의 공간은 무게가 적은 곳이다. 세속에서의 괴롭고 힘든 것이 좀 덜하여지는 곳이다. 그곳에서 시인은 힘에 겨워 고단한 몸을 눕히던 메밀 베갯속을 널어 습한 것을 말린다.

그러면서 시인은 하방下方에서의 생육의 시간과 노동을 잊지 않는다. 붉은 메밀대궁이 솟아오르는 것도 흙과 노동의 협력과 그 결과다. 흙은 생명의 모태이며 어머니다. 모든 수확은 대지가 낳아서 기른 것이라는 것을 잊지 않는다. 메밀도 깨도 위쪽의 열매를 얻는 것이지만 그것을 배태한 것이 대지라는 것을 잊지 않는다. 상방과 하방의 공간적 진폭 안에 질박한 삶의 서정을 꽉 채운 아름다운 시다.

빈곳 _배한봉

암벽 틈에 나무가 자라고 있다. 풀꽃도 피어 있다.
틈이 생명줄이다.
틈이 생명을 낳고 생명을 기른다.
틈이 생긴 구석.
사람들은 그걸 보이지 않으려 안간힘 쓴다.
하지만 그것은 누군가에게 팔을 벌리는 것.
언제든 안을 준비 돼 있다고
자기 가슴 한 쪽을 비워놓은 것.
틈은 아름다운 허점.
틈을 가진 사람만이 사랑을 낳고 사랑을 기른다.
꽃이 피는 곳.
빈곳이 걸어 나온다.
상처의 자리. 상처에 살이 차 오른 자리.
헤아릴 수 없는 쓸쓸함 오래 응시하던 눈빛이 자라는 곳.

조금은 허술하게 살아갈 일이다. 벌어져 사이가 난 자리가 하나둘은 있어야 산다. 겨를이 있어야 산다. 너무 치밀하면 호흡이 곤란하다. 엉성하여 빈틈이 있어야 산다. 빈틈이 있어야 채우고, 나중에 보다 낫게 고칠 수 있다. 지나침은 미치지 못함과 같다. 빈틈이 있어야 그 사이에 생명이, 사랑이 자란다. 생각이, 사는 일이 각지고 빽빽이 들어선 벽돌과 같다면 무슨 매력이 있을까.

틈은 자유롭게 노니는 공간이다. 사물과 사물, 생명과 생명이 관계해 주고받는 곳이다. 외부의 다른 것을 받아들여 그 생명이 자기존재를 성립시키고 또 성품 그대로 절로 움직이도록 북돋우는 공간이다. 여지가 있는 곳이다. 내 소유와 욕구를 줄인다는 뜻이다. 그러므로 덕이 가득하다는 뜻이다.

수세미꽃 피는 저녁 _정일근

쇠숟가락에 담겨 오는 민물새우뭇국 온기처럼
남루한 가족 모여 따뜻한 저녁 먹는 시간

여흘여흘 흘러가던 저녁강 비로소 깊어지며 잠드는데

기다리는 사람 없지만
바람 따라 에두른 돌담 위에 노란 등불 맑게 켜진다.

남루하다는 말은 낡고 너절하고 헐고 해졌다는 뜻이다. 그러므로 가족의 살림살이가 넉넉하지 못한, 가빈家貧의 상태에 있다는 뜻이다. 그런 가족이 밥상을 차려 저녁을 먹고 있다. 강이 가까운 터라 밥상에는 새우에 무를 썰어 끓인 국이 올라왔다.

강에는 어둠이 내려서 바라보기에 수심이 한층 더 깊어졌다. "여흘여흘"이라는 시어는 강의 물살이 흐르는 모양을 본떴다. 빠르게 좔좔 흐르던 강이 저녁에 이르러 깊어지고 물결이 잠잠해지듯 저녁밥을 먹는 가족들의 피로한 하루도 저녁에 이르러 고요하고 아늑해졌다. 그리고 노란 달이 둥실 떴다. 수세미는 덩굴성 식물이고 노란 꽃이 피는 만큼 돌담 위에 뜬 맑은 달은 수세미꽃과 겹쳐져 읽힌다. 스스로 자족을 찾은 화목하고 평화스러운 한 가족의 저녁 풍경이 온기를 느끼게 한다.

길 위의 식사 _이재무

사발에 담긴 둥글고 따뜻한 밥 아니라

비닐 속에 든 각진 찬밥이다

둘러앉아 도란도란 함께 먹는 밥 아니라

가축이 사료를 삼키듯

선 채로 혼자서 허겁지겁 먹는 밥이다

고수레도 아닌데 길 위에 밥알 흘리기도 하며 먹는 밥이다

반찬 없이 국물 없이 목메게 먹는 밥이다

울컥, 몸 안쪽에서 비릿한 설움 치밀어 올라오는 밥이다

피가 도는 밥이 아니라 으스스, 몸에 한기가 드는 밥이다

헤르만 헤세는 '구름'을 즐겨 노래했던 시인이다. 그는 구름을 유동하는 것, 변화하는 것, 어딘가로 사라지는 것의 함의로 이해했다. 헤세는 시 〈흰구름〉에서 구름을 "잊어버린 아름다운 노래의/ 가냘픈 멜로디"이며, "고향을 떠난 나그네의/ 자매"라고 표현했다.

이 시는 이리저리 떠돌아다니는 삶을 노래한다. 우리 시대의 삶은 떠도는 큰 물결과도 같다고 말하고 있다. 기반이 없으므로 의지할 만한 곳도 없다. 우리의 식사도 마찬가지라고 이 시는 말한다. 우리의 식사가 찬밥을 서럽게 허겁지겁 먹는 것으로 전락했다고 말한다. 마치 풍랑을 만난 배가 물 위에 정처 없이 떠돌듯이 우리의 식탁도 길 위에 있다고 말한다. 식구를 다 불러들여, 빙 둘러앉아 어머니의 뜨거운 밥을 받던 그 숭고한 밥상은 어디로 갔을까.

2
3

가슴의 서랍들 _최승호

가슴이 있다는 것은 고통스럽다. 공허와 비애와 우울과 불안, 고독과 절망감과 그리움, 그 모든 것이 하나의 가슴에 들어 있지 않은가. 가슴이 있다는 것은 고통스럽다. 그렇다고 가슴의 서랍들을 다 빼 버리고 텅 빈 가슴으로 살아갈 수도 없는 일. 벽돌은 가슴이 없다. 구름도 가슴이 없다. 가슴이 있다는 것은 고통스럽다.

시인은 가슴이 서랍들로 이루어져 있다고 말한다. 몇 벌의 옷을 넣은 서랍들. 각진, 반듯한 갑匣들. 거기에 우리들을 옴짝달싹 못하게 하는 공포, 눈물짓는 비애, 검푸른 우울, 벌벌 떠는 불안, 벼랑에 선 고독, 무너지는 절망, 멀고 먼 그리움이 들어있다고 말한다. 그러나 그 서랍들을 가슴으로부터 모두 다 빼 버린다면 어떤 일이 벌어질까? 벽돌 같은 가슴을 상상해 본다. 무뚝뚝하게, 무미건조하게, 융통성이 없게 설계된 가슴을 상상해 본다. 생겨나는 감정이 없다. 추억할 일도, 내일도 없다. 내일이 없으므로 내일에 올 큰 기쁨, 편안함, 고요함, 생기, 연대감, 희망도 사라지고 말겠지.

식탁 _이성복

아이들이 한바탕 먹고 떠난
식탁 위에는 찢긴 햄버거 봉지와
우그러진 콜라 패트병과
입 닦고 던져놓은 종이 냅킨들이 있다
그것들은 서로를 모르고
가까이 혹은 조금 멀리 있다

아이들아, 별자리 성성하고
꿈자리 숭숭한 이 세상에서
우리도 그렇게 있다
하지만 우리를 받아들인 세상에서
언젠가 소리 없이 치워질 줄을
한번도 생각해보지 않은 것이다

식탐食貪을 통제하기는 어렵다. 식탁食卓은 음식 쟁반들이 놓이는 식탐의 공간이면서 욕망의 공간을 상징한다. 뿐만 아니라 이 시에서 식탁은 생겨난 것은 멸하고 마는 그런 실상實相의 생명세계 공간을 뜻하기도 한다. 식탐을 제한하는 일이 어렵듯이 감각기관의 절제를 얻는 일 또한 어렵다. 한 번 앉아 먹고 두 번을 먹지 않으며, 조금 얻더라도 더 구걸하지 않으며, 오후에는 과즙과 꿀물도 먹지 않았던 수행자들의 계행戒行, 그 금욕적 삶을 생각한다. 후일 이 세상을 다 살아 이 세상을 떠날 때 남을 나의 뒷자리가 "찢긴 햄버거 봉지", "우그러진 콜라 패트병", "입 닦고 던져놓은 종이 냅킨들"이 이리저리 마구 뒹구는 난잡한 뒷자리가 되지 않을까 몹시 두렵다. 욕망의 탁류가 휩쓸고 간, 뒤숭숭한 강기슭처럼 남게 되지 않을까 염려스럽다.

눈물 _이선영

망막이 막막하네

망막에 막막하네

망막에 막막하니 맺히질 않네

망막이 망연하니 열려 있네

망막에 고이네,

지나온 삶은 물웅덩이처럼 망막에 잔뜩 고여 들고

망막에 스치네,

다가올 삶은 빗줄기처럼 망막에 어른거리다 뚝뚝 떨어져 내리네

망막은 안구벽의 안쪽에 있는 투명하고 맑은 막이다. 빛이 들어오는 곳이다. 바깥의 대상들이 들어오는 곳이다. 세계가 들어오는 곳이다. 그러므로 '삶이 고이'는 곳이다. 삶은 망막에 고이고, 망막을 스쳐 지나간다.

그런데 무슨 연유인지 시인은 삶이 "물웅덩이"요, "빗줄기"라고 한다. 단일하지는 않지만 삶의 주성분은 수성水性이라고 한다. 눈물을 글썽이고, 눈물을 흘리고, 눈물을 닦는 것이 삶이라고 한다. 그러나 누선淚腺이 개방되어 자꾸 눈물이 넘쳐흐르는 것이 우리의 일일一日이라 하더라도, 일일에 빛이 가볍게라도 비칠 것이다. 고통이 지속되더라도 물웅덩이의 바닥이 드러나는 날은 필시 있으며, 빗줄기가 그치는 날 또한 틀림없이 있다.

엄마 걱정 _기형도

열무 삼십 단을 이고
시장에 간 우리 엄마
안 오시네, 해는 시든 지 오래
나는 찬밥처럼 방에 담겨
아무리 천천히 숙제를 해도
엄마 안 오시네, 배추잎 같은 발소리 타박타박
안 들리네, 어둡고 무서워
금간 창 틈으로 고요히 빗소리
빈방에 혼자 엎드려 훌쩍거리던

아주 먼 옛날
지금도 내 눈시울을 뜨겁게 하는
그 시절, 내 유년의 윗목

이 시에는 차가운 촉각이 지배적이다. 빛은 물러나고 음지陰地의 색채가 볼록하게 드러나 있다. 음지는 차갑게 식고, 딱딱하다. 그리하여 음지 즉 볕의 사라짐은 엄마의 부재로 인한 화자 내면의 정서를 잘 보여준다. 어머니는 열무를 이고 시장에 내다 팔러 가셨지만 귀가가 늦어지고 있다. 안심이 되지 않아 속을 태우는 화자는 "찬밥처럼 방에 담겨"져 있지만 어머니가 돌아오시는 골목길을 향해 귀를 모조리 열어 놓았다. 애타게 어머니를 기다리던 어린 화자가 마음에 지니게 된 이 슬픈 삽화를 시인은 성장한 후에 다시 가슴속 기억의 서랍에서 꺼낸다. 그리고 그 삽화를 "유년의 윗목"이라고 표현한다. 온기가 닿지 않는, 아궁이로부터 먼 쪽의 방바닥이라고 말한다. 그러고 보면 참으로 오랜 연원淵源을 가진 것 가운데 하나가 '근심'이 아닐까 한다.

혼자 먹는 밥 _송수권

혼자 먹는 밥은 쓸쓸하다
숟가락 하나
놋젓가락 둘
그 불빛 속 딸그락거리는 소리

그릇 씻어 엎다 보니
무덤과 밥그릇이 닮아 있다
우리 生에서 몇 번이나 이 빈 그릇
엎었다
뒤집을 수 있을까

창문으로 얼비쳐 드는 저 그믐달
방금 깨진
접시 하나

송수권 시인은 곡선의 상법想法과 소리의 상법 즉 느림의 시학으로 시를 써 온 분이다. "그늘 있는 맛과 시는 우리들의 영혼을 흔든다."라고 생각하며 평생 시를 써 온 시인이다. 그런 시인이 오늘은 소찬素饌으로 저녁밥을 먹고 있다. 밥상 둘레가 조용하고 쓸쓸하다. 식단이 단출하고, 겸상밥이 아니었기 때문에 그러했을 것이다. 시인은 혼자 밥을 먹으며 그릇이 "딸그락거리는 소리"와 저작詛嚼하는 소리를 다 듣는다. 곡기를 채우는 일과 곡기를 끊는 일에 대해 생각한다. 생生과 사死를 고요한 마음으로 비추어 본다. 식탐을 내던 일도 돌아보았을 것이다. 궁기에 찌든 삶과 넘치도록 가득한 삶을 차별 없이 바라보고 있으니 그 정신이 청빈하다고 할 것이다.

누군가 나에게 물었다 _김종삼

누군가 나에게 물었다. 시가 뭐냐고
나는 시인이 못됨으로 잘 모른다고 대답하였다.
무교동과 종로와 명동과 남산과
서울역 앞을 걸었다.
저녁녘 남대문 시장안에서
빈대떡을 먹을 때 생각나고 있었다.
그런 사람들이
엄청난 고생 되어도
순하고 명랑하고 맘 좋고 인정이
있으므로 슬기롭게 사는 사람들이
그런 사람들이
이 세상에서 알파이고
고귀한 인류이고
영원한 광명이고
다름아닌 시인이라고.

릴케는 시적 영감의 순간이 멀어져가는 것을 늘 두려워하며 경계했던 시인이다. 그는 세속적 활동에 골몰하는 시인의 영혼을 "공기에 닿아 썩어 가는 과일의 속살"에 비유했다. 그래서일까. 릴케는 일생을 집 가져 본 적 없이 친지와 친구의 집을 전전했다.

이 시도 시인의 심성과 품위에 대해 말한다. "순하고 명랑하고 맘좋고 인정이 있"는 사람들이야말로 시인 고유의 자질을 갖춘 이들이라고 말한다. 비록 좁고 지저분한 거리와 동네에 살아 생계를 꾸리는 일이 "엄청난 고생이 되어도" 말이다. 사리를 바르게 판단하고 일처리를 잘 하는 슬기도 이런 됨됨이에서 비롯된다고 말한다. 이들이야말로 이 세상에서 첫째로 높고 귀중한 빛이라고 말한다.

달이 걸어오는 밤 _허수경

저 달이 걸어오는 밤이 있다
달은 아스피린 같다
꿀꺽 삼키면 속이 다 환해질 것 같다

내 속이 전구알이 달린
크리스마스 무렵의 전나무같이 환해지고
그 전나무 밑에는
암소 한 마리

나는 암소를 이끌고 해변으로 간다
그 해변에 전구를 단 전나무처럼 앉아
다시 달을 바라보면

오 오, 달은 내 속에 든 통증을 다 삼키고
저 혼자 붉어져 있는데, 통증도 없이 살 수는 없잖아,

다시 그 달을 꿀꺽 삼키면
암소는 달과 함께 내 속으로 들어간다

온 세상을 다 먹일 젖을 생산할 것처럼
통증이 오고 통증은 빛 같다 그 빛은 아스피린 가루 같다
이렇게 기쁜 적이 없었다

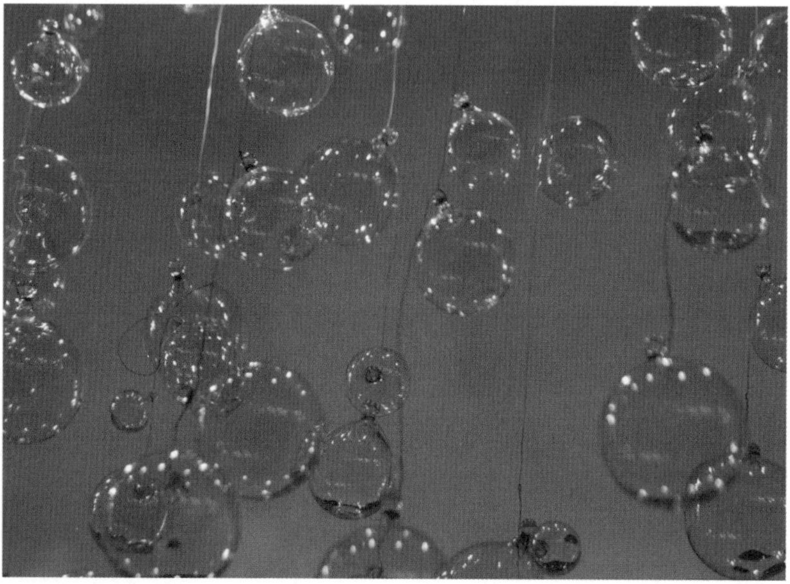

통증이 와서 아스피린 대신 달을 삼켰다. 전구보다 뜨겁고 밝은 그 달을 꿀꺽 삼켰다. 메밀꽃밭보다 흰빛인 그 달을 우리는 훨씬 이전부터 삼켜왔는지도 모른다. 할머니들도 어머니들도 달의 빛을 복용하셨다. 나는 달을 삼키는 나의 할머니와 어머니의 그 기도 소리를 들은 적이 있다.

그러나 통증이 다 사라지는 것을 소원하지는 말자. 아스피린을 한 번 먹었다고 해서 다시 통증이 찾아오지 않으란 법은 없듯이. 통증은 우리를 먹여 살리는 모유 같은 것. 젖몸살을 앓으면서도 아이의 입에 젖을 물리는 순간 가슴이 환해지는 어머니를 본다. 그 통증의 모성을.

아득한 한 뼘 _권대웅

멀리서 당신이 보고 있는 달과
내가 바라보고 있는 달이 같으니
우리는 한 동네지요
이곳 속 저 꽃
은하수를 건너가는 달팽이처럼
달을 향해 내가 가고
당신이 오고 있는 것이지요
이 생 너머 저 생
아득한 한 뼘이지요
그리움은 오래되면 부푸는 것이어서
먼 기억일수록 더 환해지고
바라보는 만큼 가까워지는 것이지요
꿈속에서 꿈을 꾸고 또 꿈을 꾸는 것처럼
달 속에 달이 뜨고 또 떠서
우리는 몇 생을 돌다가 와

어느 봄밤 다시 만날까요

당신과 나는 한하늘 아래 같은 달을 우러러보고 있다. 멀리 떨어져 매일을 살아도 같은 달을 바라보고 있으니 당신과 나는 하나의 세계에, 하나의 우주에 함께 사는 주민이다. 달은 당신과 나를 끌어당겨 연결시켜 주고 있다. 당신과 내가 먼 동쪽과 먼 서쪽에 각각 떨어져 살아도 그 거리는 한 뼘에 불과하다.

현생과 내생도 한 뼘에 불과하다. 세상의 온갖 것이 번성하고 다시 쇠하여도 당신과 나의 인연을 끊어 놓지 못한다. 달과 같은 그리움, 달과 같은 기억들이 흰빛으로 차오르니 당신과 나 사이에는 만일 이별이 오더라도 재회를 위한 잠시 잠깐의 이별일 뿐이다. 당신은 내가 영원히 사랑하는 나의 님이다.

冬至 다음날 _전동균

1

누가 다녀갔는지, 이른 아침
눈 위에 찍혀 있는
낯선 발자국

길 잘못 든 날짐승 같기도 하고
바람이 지나간 흔적 같기도 한

그 발자국은
뒷마당을 조심조심 가로질러 와
문 앞에서 한참 서성대다
어디론가 문득
사라졌다

2

어머니 떠나가신 뒤, 몇 해 동안
풋감 하나 열지 않는 감나무 위로
처음 보는 얼굴의 하늘이
지나가고 있다

죽음이
삶을 부르듯 낮고
고요하게

-어디 아픈 데는 없는가?
-밥은 굶지 않는가?
-아이들은 잘 크는가?

사랑하는 사람의 음성은 뼛속 깊이 남는다. 손금처럼 새겨진다. 당신은 당신의 어머니가 생전에 하시던 말씀을 언제 어느 곳에서나 다시 들을 수 있다. 어머니는 아들과 딸을 향해 아주 간소하게 안부를 묻는다. 왜 더 궁금한 게 없겠는가. 한참 뒤에야 우리는 이 짧은 토막의 문장이 얼마나 큰 사랑을 식솔로 거느리고 있는지를 알아차린다. 아들과 딸은 한 세대의 시간만큼 꼭 귀가 어둡다.

할머니의 봄날 _장철문

볕 아깝다

아이고야 고마운 이 볕 아깝다 하시던

말씀 이제사 조금은 알겠네

그 귀영탱이나마 조금은 엿보겠네

없는 가을고추도 내다 널고 싶어하시고

오줌장군 이고 가

밭 가생이 호박 몇구덩이 묻으시고

고랫재 이고 가

정구지 밭에 뿌리시고

그예는

마당에 노는 닭들 몰아 가두시고

문이란 문은 다 열고

먹감나무 장롱도

오동나무 반닫이도 다 열어젖히시고

옷이란 옷은 마루에

나무널에 뽕나무 가지에 즐비하게 내다 너시고

묵은 빨래 처덕처덕 치대

빨랫줄에 너시고

그예는

가마솥에 물 절절 끓여

코흘리개 손주놈들 쥐어박으며 끌어다가

까마귀가 아재, 아재! 하고 덤빈다고

시커먼 손등 탁탁 때려가며

비트는 등짝 퍽퍽 쳐대며

겨드랑이 민둥머리 사타구니 옆구리 쇠때 다 벗기시고

저물녘 쇠죽솥에 불 넣으시던 당신

당신의 봄볕이

여기 절 마당에 내렸네

당신 산소에서 내려다보이는 기슭에는

가을에 흘린 비닐 쪼가리들 지줏대들 태우는 연기 길게

오르고

이따금 괭잇날에 돌멩이 부딪는 소리 들리겠네

당신의 아까운 봄볕이

여기 절 마당에 내려 저 혼자 마르고 있네

햇볕은 수도꼭지에서 물이 펑펑 나오듯 해서 헤프게 마구 써도 되는 줄 알았다. 햇볕을 쬐며 꾸벅 잠이 들어도 좋다고만 생각했다. 아깝다고는 생각 못했다. 고맙다고는 생각 못했다. 그러나 당신 때문에 이제 봄볕 귀한 줄을 알게 되었다.

봄볕 받아먹고 자라는 생명을 키울 줄도 알게 되었다. 봄볕에 세상이 한층 밝은 곳이 된다는 것도 알게 되었다. 햇볕으로 무언가를 씻어 낼 수 있다는 것도 알게 되었다.

이 세상 모든 그릇마다 굴먹굴먹하게 담긴 봄볕을 보자. 봄볕을 아래쪽에서 위쪽까지 쭉 살펴보자. 수만 올의 햇볕을 살펴보자. 내 몸과 마음을 한 번 훑어 주는 봄볕 아래 서 보자. 유리처럼 투명해지는 것 같지 않은지. 봄볕은 안과 밖이 모두 눈부시다.

가만히 사랑을 바라보다

엮고 해설 문태준

1판 1쇄 발행 2014년 7월 14일
1판 2쇄 발행 2015년 9월 10일

대표 권대웅
편집 송희영 김보람
디자인 고광표
마케팅 노근수

발행인 신혜경
발행처 마음의숲
출판등록 2006년 8월 1일(105-91-03955)
주소 서울시 마포구 동교로 144-13(서교동, 2층)
전화 (02) 322-3164~5 | **팩스** (02) 322-3166
마음의숲 페이스북 http://facebook.com/mindbook
값 10,800원 ISBN 978-89-92783-81-1(03810)